青蓝漫忆

张建 等◎著

江西人民出版社
Jiangxi People's Publishing House
全国百佳出版社

图书在版编目（CIP）数据

青蓝漫忆 / 张建等著 . -- 南昌 : 江西人民出版社，
2025. 6. -- ISBN 978-7-210-16278-0

Ⅰ. I217.1

中国国家版本馆 CIP 数据核字第 20254VD837 号

青蓝漫忆 张建 等著

QINGLAN-MANYI

责任编辑：陈炫宇
封面设计：回归线视觉传达

江西人民出版社 Jiangxi People's Publishing House 全国百佳出版社 出版发行

地　　址：江西省南昌市三经路 47 号附 1 号（邮编：330006）
网　　址：www.jxpph.com
电子信箱：jxpph@tom.com　web@jxpph.com
编辑部电话：0791-86898965
发行部电话：0791-86898815
承　印　厂：湖北金港彩印有限公司
经　　销：各地新华书店

开　　本：720 毫米 ×1000 毫米　1/16
印　　张：16.75
字　　数：227 千字
版　　次：2025 年 6 月第 1 版
印　　次：2025 年 6 月第 1 次印刷
书　　号：ISBN 978-7-210-16278-0
定　　价：98.00 元
赣版权登字 -01-2025-223

我在师大园中　师大在我心中

（摘自著名诗人、校友公刘的诗句）

历史校园 生态校园 旅游校园 人文校园

古朴、典雅、秀美的青山湖校区欢迎您

江西师大青山湖校区两件宝：历史长，生态好

现代水杉之父大学 中国秀美生态校园

“下笔情深不自持”

——序《青蓝漫忆》

傅修延

“我在师大园中，师大在我心中。”诗人公刘写给母校的这句诗，包含了值得细细咀嚼的微妙意蕴。

校园有两种，一为客观存在之园，一为心中长驻之园。公刘说自己身在园中、园在心中，是想表达这个园子已经植入心底永难忘怀。古今诗人的心意都是相通的：白居易写过“大都好物不坚牢，彩云易散琉璃脆”的诗句，辛弃疾发过“舞榭歌台，风流总被，雨打风吹去”的感慨，他们都看到世间之物遭受时光磨蚀的景象。所以明代文人喜欢讨论那种长存于纸上或梦里的园林景观，卢象升《湄隐园记》是“园未构而记先之，明吾志也”，刘士龙《乌有园记》则写洛阳各大名园都归于颓败，而藏于自己心中的子虚乌有之园则“风雨所不能剥，水火所不能坏，即败类子孙，不能以一草一木与人也”。张岱在《西湖梦寻》中也说自己“阔别西湖二十八载，然西湖无日不入吾梦中”。

于是，我们理解了作者写作本书的初衷——所谓“青蓝漫忆”，实际上是用文字和图像留住自己梦中的青蓝园。作者长期担任老校区的办公室主任，日复一日地在园子里徜徉，这段经历让他对这里产生了深厚的感情，于是他开始写作，创作了我们正在捧读的这本书。凭借自己七十多年的人生经历，我知道陵谷变迁有时并不需要很长时间，如瑶湖校园西北角那个我投入过许多心血的小杏岭书院就已不复存在，但是由于保留了与书院有关的文字和图片，这样的消失并未让我特别伤感。世上的一切都处在“成住坏空”的循环往复之中，自然物也难逃荣枯规律的支配，然而，只要我们还留有对美好事物的记忆与热爱，它们就不能说是真的一去不返。

《青蓝漫忆》给我的感觉首先是热爱。怎样来评价本书这种带有工作记录性质的回忆之作呢？陈学昭有本书名为《工作着是美丽的》，一个人能从自己的工作中看到美好，这样便称得上弥足珍贵。本书字里行间洋溢的都是热爱，作者兴趣盎然地讲述着校园里的一枝一叶与一点一滴，凡有纪念价值的楼堂馆所、花鸟虫鱼都未放过。好的讲述首先在于情感的充沛，龚自珍有诗“下笔情深不自持”，指的是情深意切的执笔人会在素笺上恣意喷吐文字。我喜欢与有激情的人打交道，尽管他们有时不免冲动。所谓“人无癖不可与交”，实际上是说无情之人不可交。热爱既是一种情感，也是一种生命创造力。我曾经有文章提到青蓝湖中的桃花水母，如果说那种生灵属于大自然的杰作，那么湖中后来出现的天鹅、雪雁和野鸭则是人工培育的结果。我记得作者有一次带着神秘的表情把我领到指挥塔楼，观看孵蛋机中一排排即将破壳的野鸭蛋。我还记得有次陪某位局长走在校园主干道上，突然几只善解人意的松鼠现身于道旁树上，蹦来蹦去，局长见状立即称赞师大是一座具有游览价值的生态校园。我和作者都是那种异想天开之人，为了增添校园的生机、灵气和活力，我们做了不少像养松鼠这样的傻事，好在校内的父老乡亲能够理解我们。有位老教工甚至这样说：“现在校园成了这个样子，我们都愿意在里面多活几年。”

行文至此，我有个观点要与大家分享。现在人人都在说爱国，我认为爱国需要落到实处，因为祖国并非虚无缥缈的抽象存在，而是由大地、母亲、母校、故乡和故人等多种因素构成的实体。我无法想象一个不爱父母、不爱母校的人，会真正热爱自己的国家。老校区之所以成为爱国主义教育基地，不仅是因为这里有遭受日机轰炸却依然屹立的指挥塔楼，以及在弹坑基础上形成的青蓝湖与显微湖，更因为这个地方已是校友心中的情感符号，它代表着许多人难以忘怀的青春岁月，我们的精神生命曾在这里孕育。70周年校庆那天，我特意安排了一名萨克斯乐手在校门口演奏肯尼·基的《回家》，让优美温暖的旋律伴随校友们回到自己魂牵梦萦的母校。莱蒙托夫的《祖国》一诗，用乡间小路、荒村灯火和农家草屋串联起自己的故土之思。当年我在加拿大和英国访学时泛起乡愁，眼前也有指挥塔楼、女教师雕塑等景物掠过。

我的记忆之中最挥之不去的，还是2010年学校的中秋晚会。我在一篇文章中这样写道：“差不多演到一半时，一叶扁舟在‘艄公’挥桨下，从荷花丛中悄然驶出，船头上身着古装的女演员演唱了一曲《青蓝湖美》，引起岸上观众的热烈欢呼，人们赞叹这是学校多少年来最有创意的节目。有趣的是，湖中的水禽那晚像儿童一样‘人来疯’：大雁和鸳鸯频频游到聚光灯下，黑天鹅则合着音乐的节奏晃动曲线优雅的长颈，似乎要与演员一道翩翩起舞。”

爱校之人必有护校之举。和本书作者一样，我们这些过来人都对老校区怀有一种特别的珍爱之情。由于位居省城中心，交通方便，这块风水宝地成了一些人眼中的“唐僧肉”，外界一直有舆论要求我们把它卖了以偿还建设新校区的债务，这样的论调在学校主体迁往瑶湖之后变得格外刺耳。为了消解外部压力，我们大力宣传老校区的历史文化价值。为此我们刻意标出了一些老建筑的旧名，并以老校区为中央南昌飞机制造厂旧址为由，向上级部门申请将此地作为文物保护起来。经过文物专家的考察论证和热心人士的出手相助，老校区后来被省政府批准为省级重点文物保护单位，还被列为江西省文物“一百个重要发现”之一，这样我们终于拿到了一把让“觊觎者”彻底死心的“尚方宝剑”。当作者在电话中报告这个喜讯之时，我发现自己的眼眶瞬间潮湿了。

“守土有责”是今人谈到工作职责时常用的表述，在我看来作者尽到了自己守护校园的责任。学校当年对老校区整治提出了三大目标——“这里要成为安静有序、远离商业活动的教学场所，成为年轻人接受爱国爱校教育的露天博物馆，成为离退休教工颐养天年的休憩乐园”，作者为实现这三大目标付出了不懈的努力。我和作者为此有过许多合作。我的许多想法通过他的实际操作变成了现实，更为重要的是他能借助想象和创造力开展工作——本书讲述的大部分内容都是对这一点的证明。可能有读者会觉得书中的讲述有点琐细，但我觉得作者有权这样“絮絮叨叨”，我相信对老校区有感情的人都会喜欢这样的讲述风格。

加西亚·马尔克斯在《活着为了讲述》一书中说：“生活不是我们活过的日子，而是我们记住的日子，我们为了讲述而在记忆中重现的日子。”相信《青蓝漫忆》中的讲述，会让许多对本书产生共情的读者感觉到岁月未曾虚度。感谢作者把那些充满激情的日子重新带到我们眼前……

2024 年 10 月 30 日于白云山下相思河畔

作者的话

我自小热爱文学和写作，1986 年考入江西师大中文系，在大学攻读四年文学专业，成绩尚可。

毕业后我留校在《江西师大报》任编辑、记者，担任过文艺副刊《红坪》的责任编辑。从此，我的人生就与文学结缘了。

在后来的工作中，我因为会写作，且多有思考，总容易被人厚待几分。我从事过文秘工作，曾任校长办公室副主任、学院党委书记等职。

在我管理师大老校区的十年间，我曾以笔名“翦彰”，为那个美丽的校园发表过数万字的原创文章。

人到中年，思乡心切，我有一段时间热衷于乡土文学创作，以“敖古”为笔名，在一些知名网媒上发表了一系列散文。

“文学是人学”，写作即人生。在工作之余，我还以“子闻”为笔名，把我在南昌工作、生活的所见、所闻、所想、所感，以散文和诗歌的形式，自然又真切地表达出来。我想，有感而发、有感而写，这便是我的文学乐趣。

而今，“我在师大园中，师大在我心中”之感愈加深切，我愿将在师大校园工作、生活的感悟和回忆，分为几部分集成一本作品集。虽体裁不一，有的文章可能还比较拙劣，但感情真切。诚然，本集子的诞生应感谢关心和支持青山湖校区的全校师生和社会各界朋友。

本书特邀江西师大原党委书记、校长傅修延取名并作序，由书法家张鉴瑞题写书名。同时，本书特别收录傅修延教授若干文章，以铭记其倡导和推动青山湖校区挖掘厚重历史文化、建设浓郁生态文化的特别贡献。

静思笃行，持中秉正。本书的适时出版，若能为师大的校史、校情教育略添光彩，吾将倍感荣幸。

张　建

2023 年 7 月 10 日于溪湖畔

目录

三　旅游校园 /// 041

四　人文校园 /// 055

五　创作编 /// 073

【生活见闻】

【怀念师大】

【难忘乡情】

六　园中藏照集 /// 205

七　附录 /// 217

一

历史校园

1935年，中国与意大利合资在青山湖校区原址创建了中央南昌飞机制造厂，青山湖校区“指挥塔楼”就是当年中央南昌飞机制造厂的航空指挥塔楼，大礼堂曾是飞机库，是中意合资生产飞机的地方。

1949年，我校前身国立中正大学搬迁到此地后，于1950年更名为南昌大学，当时把这里作为永久校址。

1953年，这个校址更名为江西师范学院。1983年，更名为江西师范大学。2003年至今，称为江西师范大学青山湖校区。

2010年，江西省文物专家考证了中央南昌飞机制造厂旧址史料，确定了其在我国近代工业建筑史、航空工业史、教育史方面的重要文物价值。我校履行保护文物的社会责任，复原旧址建筑群旧貌，申报文物保护。这里被列为江西省文物“一百个重要发现”之一，逐渐成为青年学子接受爱国、爱校教育的露天博物馆。

青山湖校区历史建筑碑刻

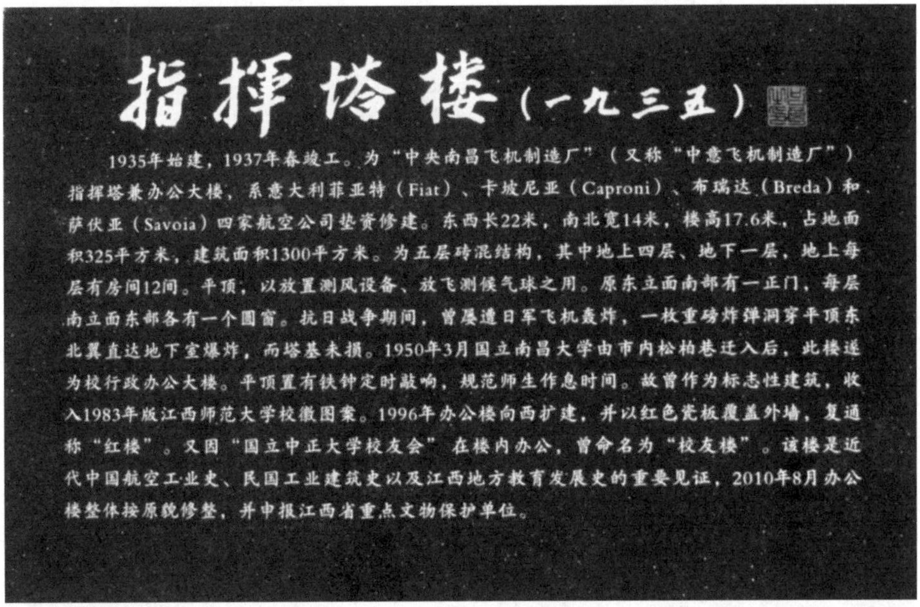

2010 年 7 月，“指挥塔楼”四个字，由时任江西师范大学党委书记、校长傅修延和校长助理熊大治，请 1953—1956 年担任江西师范学院筹备委员会主任的吕梁题写。吕老虽已 95 岁高龄，但书法依旧刚劲有力。

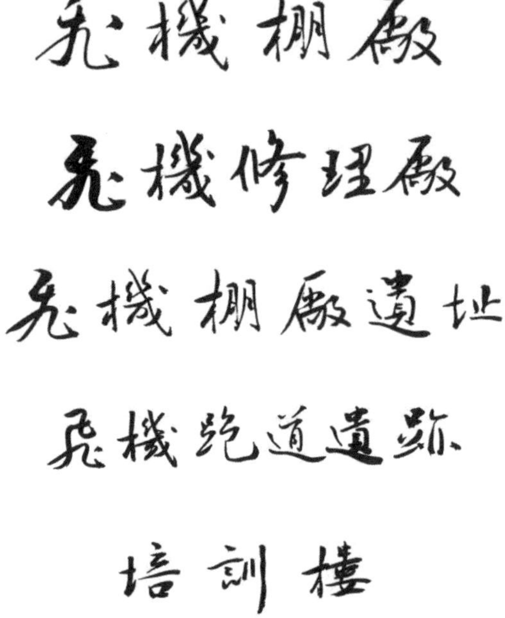

“飞机棚厂”“红石房记”等碑文题字，由时任江西师范大学党委书记、校长傅修延和校长助理熊大冶，请著名美术家张鉴瑞先生题写。

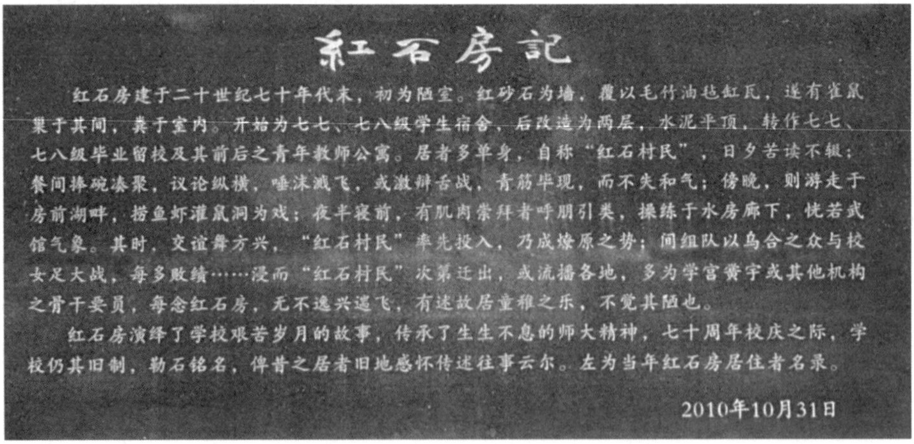

紅石房記

红石房建于二十世纪七十年代末，初为陋室。红砂石为墙，覆以毛竹油毡缸瓦，遂有雀鼠巢于其间，粪于室内。开始为七七、七八级学生宿舍，后改造为两层，水泥平顶，转作七七、七八级毕业留校及其前后之青年教师公寓。居者多单身，自称“红石村民”，日夕苦读不辍；餐间捧碗凑聚，议论纵横，唾沫溅飞，或激辩舌战，青筋毕现，而不失和气；傍晚，则游走于房前湖畔，捞鱼虾灌鼠洞为戏；夜半寝前，有肌肉崇拜者呼朋引类，操练于水房廊下，恍若武馆气象。其时，交谊舞方兴，“红石村民”率先投入，乃成燎原之势；间组队以乌合之众与校女足大战，每多败绩……浸而“红石村民”次第迁出，或流播各地，多为学宫黉宇或其他机构之骨干要员，每念红石房，无不逸兴遥飞，有述故居童稚之乐，不觉其陋也。

红石房演绎了学校艰苦岁月的故事，传承了生生不息的师大精神，七十周年校庆之际，学校仍其旧制，勒石铭名，俾昔之居者旧地感怀传述往事云尔。左为当年红石房居住者名录。

2010年10月31日

水杉歌

《水杉歌》为中国植物分类学奠基人胡先骕于20世纪60年代所作。

“水杉林”三个字，由时任江西师范大学党委书记、校长傅修延请著名美术家吴子南先生题写。同时，校长交代青山湖校区管理办将《水杉歌》诗文刻于双理楼墙上，以见证巍峨耸立的水杉树和胡先骕刚直的治学精神。

青山湖校区历史建筑简介

一、20世纪30年代的建筑

指挥塔楼 东半部建于1935年，砖混结构，面积1300平方米，原为中央南昌飞机制造厂指挥塔楼。抗日战争时期，飞机制造厂屡遭日寇轰炸，一枚重磅炸弹落在塔楼东北翼平顶，洞穿四层楼板直入地下室爆炸，但塔楼根基未损，依然屹立。1950年南昌大学迁入后，指挥塔楼改为办公楼，沿用至今。1996年办公楼向西扩建，外墙覆以红砖，故称红楼。2010年70周年校庆前夕，学校仿照1935年的原貌，将楼修旧如旧，并恢复使用原名“指挥塔楼”。

红场 建于1935年，原为中央南昌飞机制造厂大棚车间。1950年南昌大学迁入时，大棚构件多被周围村民拆用，但四方形水泥地面未损，学校将其改建成滑冰场、舞场。20世纪50年代以来，师生露天活动多在此举行。2002年学校将红场功能界定为青年文化广场。

大礼堂 建于1935年，钢混框架结构，面积2486平方米，原为中央南昌飞机制造厂飞机库。1950年南昌大学迁入后，飞机库改建为大礼堂。后经几度修葺，沿用至今，学校重大活动均在此举行。2000年，学校在大礼堂东端辟出工会活动场所，一楼和二楼分别为教工活动大厅与多功能厅。

老美术楼 建于1935年，钢混框架结构，面积2630平方米，原为中央南昌飞机制造厂厂房。1950年南昌大学迁入后，老美术楼经过改造，一楼为学生食堂，二楼和三楼为学生宿舍，继而改为美术专业教室，故称“老美术楼”或“老美楼”。

二、20 世纪 50 年代的建筑

王字楼　建于 1952 年，二层砖木结构，面积 2072 平方米，原为南昌大学院系及行政部门办公场所，因鸟瞰图呈“王”字形，故称“王字楼”。

总务楼　建于 1952 年，一层砖木结构，东头临主干道的部分后扩建为两层砖混结构，面积 760 平方米，原为南昌大学医疗、总务用房。总务楼为仿唐风格建筑，冬暖夏凉，因总务部门多年在此办公而得名，又称“老平房”。

外专楼　建于 1952 年，原为砖木结构平房，曾为学校机关办公用房和幼儿园。1985 年、1999 年，西楼、东楼先后改建为两层。1983 年外专楼始用于接待外籍专家、教师及留学生，故名“外专楼”。

老琴房　建于 1953 年，砖木结构平房，面积 130 平方米，仿欧式风格，有琴房 16 间，为 1949 年后国内首批建设的艺术专业教学用房。

第一教学大楼　建于 1955 年，原为砖木结构，经维修扩建，现为砖混结构，面积 5000 平方米，有语音教室、大型多媒体教室，曾为外语、历史两专业的主要教学场所，简称“一教楼”。

第二教学大楼　建于 1958 年，原为砖木结构，经维修扩建，现为砖混结构，面积 6000 平方米，主体功能为教室，东西两翼为办公用房，曾为中文、数学两专业的主要教学场所，简称“二教楼”。

老图书馆　建于 1959 年，砖混结构，面积 6000 平方米，鸟瞰图呈“工”字形，原南楼（共三层）为阅览室，北楼（共四层）为书库，中间连接部分为图书出纳台与办公场所。1993 年因重韶图书馆落成，该楼改为教室及办公用房。

三、20 世纪 70 年代的建筑

化学馆 建于 1978 年，为四层砖混结构，后扩建东西两翼，面积 7630 平方米。化学馆的化学实验教学功能齐全，为“文革”后学校建设的第一栋教学楼。

四、20 世纪 80 年代的建筑

双理楼 建于 1988 年，六层框架结构，面积 10000 平方米，曾为物理、地理两专业的主要教学场所，因而得名“双理楼”。

逸夫楼 建于 1989 年，五层框架结构，面积 3398 平方米。为建设此楼，江西省人民政府投资 120 万元，香港邵逸夫先生捐资 200 万元港币。

五、20 世纪 90 年代的建筑

综合楼 建于 1998 年，七层框架结构，面积 9700 平方米，有多媒体教室 20 间，现为青山湖校区主要教学场所，大楼的建成为学校普通专业的教学提供了良好条件。

田家炳教育书院大楼 建于 1999 年，八层框架结构，面积 9750 平方米，有各类微格教室 17 间，教育教学功能齐全，总投资 1020 万元，香港田家炳先生捐资 600 万元。大楼因田家炳教育书院在楼内而得名，大楼的建成为师范专业的教学与研究提供了良好条件，简称“田楼”。

历史校园集照

一、校园大门

国立中正大学校门
（1940 年泰和杏岭）

南昌大学校门
（1949—1953 年）

江西师范学院校门
（1953—1969 年）

江西井冈山大学校门
（1969—1972 年）

江西师范大学校门

（1983—1985 年）

江西师范大学校门

（1985—2005 年）

江西师范大学青山湖校区大门

（2005 年后）

江西师范大学瑶湖校区大门

（2003 年）

二、指挥塔楼

指挥塔楼（20 世纪 80 年代）

指挥塔楼正门

指挥塔楼

指挥塔楼防空地下通道

指挥塔楼航拍图（20 世纪 80 年代）

鸟瞰指挥塔楼（20 世纪 80 年代）

江西师范学院行政办公楼

学生在指挥塔楼前留影（20 世纪 50 年代）

学生在指挥塔楼前排队留影

三、大礼堂

大礼堂

红场

大礼堂（2000 年前）

四、其他照片

指挥塔楼与教师雕塑（1985 年）

二教楼（1958 年建）

二教楼

老美术楼

总务楼

外专楼

老琴房

王字楼

老图书馆

音乐演奏厅（20 世纪 80 年代）

人防洞值班室

学生宿舍（20 世纪 50 年代）

南昌大学时期的校车

西书院街南昌大学教工宿舍

江西井冈山大学首届学员在拿山教学楼前留影（1970 年 9 月）

中国共产党江西井冈山大学第一次代表大会全体代表在拿山教学楼前合影

更名为江西师范大学挂牌现场（1983 年）

青山湖校区曾是南昌最老机场

近年来，笔者注意到南昌的“一江两岸”现代化都市格局正在扩大，“年年不一样，月月有变化”。同时，江西还十分注重对“历史文化名城”的内涵挖掘和打造提升。据说，在年轻人心中，南昌已经成了“网红旅游城市”。

我这里要说的是一个神奇的地方，那就是南昌市北京西路437号的江西师大青山湖校区（简称“师大老校区”）。步入学校大门，你就会发现，有几栋驼灰色的民国建筑，上面都标有“1935”，仿佛在无声地告诉人们中央南昌飞机制造厂的诞生年份。

是啊，透过这个神奇的地方，我们可以想象一下南昌自明清以来，尤其是自1935年以来是个什么样子呢？

明清以来，南昌有“七门九洲十八坡，三湖九津通赣鄱”的说法，那个现在被称为“老师大”的地方，当时又属于什么方位呢？找到一份南昌老城地图一看，我们可以发现老师大属于南昌古城的顺化门（东门）方位，顺化门具体位于现在的江西省展览中心附近。

自古以来，南昌人很聪慧，又很诙谐，且习惯用一句话来概括城门的特点。如说到靠近万寿宫的广润门，有一句谚语说：“推进拥出广润门。”意思是“广润门”的钱、盐、粮、五洋商店云集，而布纱、颜料批发商号，也大多集中在城门附近，因此又名“广货门”。说到章江门，有一句谚语说：“接官送府章江门。”意思说该城门前迎来送往的都是显官巨商，场面十分热闹，因此也有“吹吹打打章江门”之说。民国时期，如果有人问去顺化门的路，对方肯定会告诉他朝东走，还会加上一句谚语“骑马射箭，就走顺化门”。

在1935年，南昌顺化门外就有一个“老营房机场”，就是现在“老省政府”的那一片地方，它就是民国时期南昌最老、最大的一个机场。

“老省政府”地带是南昌最老飞机场

南昌的第一座机场被称为“老营房机场”。该机场于1929年11月建成，当时主要用作军用机场。

现在，“老省政府”附近的“苏宁广场项目”征用了老营房机场旧址，老营房机场主体部分已经荡然无存了，只剩下老营房机场的扩建部分——中央南昌飞机制造厂旧址，也就是现在的江西师大青山湖校区。

南昌的第二座机场为“三家店机场”。三家店机场位于南昌城外东南方，又被称为“青云谱机场”，为当时全国较大的飞机场之一。该机场于1934年8月1日动工修建，从全省各地陆续征调29万名民工修建，1935年春竣工。

抗战时期，三家店机场被认为是苏联援华航空队来华驻扎处。从这里起飞的战机，先后与日机进行了40多场激烈的空战，并担负出击宁沪杭等地日军机场的任务，共击落击伤日机60多架，炸毁日机近百架，炸沉日舰20余艘，击毙包括日军王牌飞行员潮田良平、南乡茅章在内的飞行员数十名，俘虏15名，在抗战史上谱写了光辉的篇章。1939年3月日军占领南昌，满目疮痍的三家店机场成为日军的军营。1945年，中国人民终于取得了抗日战争的伟大胜利。

1952年11月，这个机场迎来了第三次大规模建设，主跑道扩建至长1520米、宽70米，成为当时的一座现代化机场，满足了抗美援朝时期飞机修理、起降转场的需要。

1954 年 7 月 3 日，随着“初教 –5”的起飞，新中国航空工业迎来了崭新时代。1959 年，三家店机场更名为青云谱机场。2018 年 8 月 16 日，瑶湖机场正式通航，接过了原青云谱机场的下一棒。

南昌可建中国近代航空博物馆

南昌是一个历史悠久的城市，也是中国航空工业的发源地之一，有着丰富的航空工业遗产和深厚的航空文化底蕴，因此在这里建设一个中国近代航空博物馆是非常合适的。

中央南昌飞机制造厂厂房建筑现在保存完好，旧址建筑群具有典型的 20 世纪 30 年代的工业建筑风格。飞机棚厂内大跨度的单层钢筋混凝土空腹梁结构在当时也是极其先进的。所以中央南昌飞机制造厂旧址建筑本身对研究中国近代建筑发展史就具有重要的历史价值。

南昌市内有多家航空工业企业和航空科研机构，这些企业和机构为南昌的航空事业作出了巨大的贡献。此外，南昌还保留了许多重要的航空工业遗迹。这些遗迹可以为博物馆提供丰富的展品，让人们更好地了解中国航空工业的发展历程。

由此，可以将南昌市内的航空工业旧址和遗产整合起来，建设一个综合性的中国近代航空博物馆。这个博物馆可以包括航空历史、科技、文化等多个方面的内容，吸引更多的人前来参观和了解航空知识。同时，这个博物馆也可为促进江西省航空工业发展，增添一张文化名片。筹建中国近代航空博物馆，也可为打造旅游产业大项目注入新的动力，提高南昌的知名度和吸引力。

筹建中国近代航空博物馆需要充分考虑选址、规划、设计等问题，需要各方面协作，可以采用“一馆三体”的群馆模式，即在江西师大青山湖校区建设一个民国航空文化博物馆，在青云谱洪都飞机公司建设一个新中国航空展示馆，在瑶湖新机场建设一个中国未来航空馆。三个分馆，分段又集中地展示了中国近现代航空历史和航空发展的未来，可在更高层次和更广领域，凸显江西航空发展的重要性。

最后，笔者相信，在不久的将来，中国近代航空博物馆将会成为一个具有独特魅力的文化景点，将会吸引更多的游客前来参观。

（文 / 蒴彰）

中央南昌飞机制造厂旧址文物保护考察记

2010年5月3日，春光明媚，晴空无云。省文物保护专家一行来我校青山湖校区考察。

时任江西省文物局文保处副处长王紫林，时任江西省第三次全国文物普查办执行组副组长肖发标，时任江西省浩风建筑事务所总设计师、中国民居研究专业委员会副主任黄浩，时任江西省博物馆副馆长、江西省文物保护中心主任刘昌兵，以及时任江西师大历史系教授梁洪生，时任江西师大城市建设与规划学院教授闵忠荣等对中央南昌飞机制造厂旧址进行了实地勘察与考证。时任党委书记、校长傅修延，时任副校长赵明在指挥塔楼热情接待专家组一行，并进行了有关我校历史建筑文物保护的专题座谈。

省文保专家黄浩、肖发标等
考察中央南昌飞机制造厂指挥塔楼
注：从左到右依次为黄浩、钟建安、张建和肖发标

省文保专家黄浩、刘昌兵等
考察中央南昌飞机制造厂飞机棚厂
注：从左到右依次为黄浩、闵忠荣和刘昌兵

省文保专家王紫林、肖发标等
考察中央南昌飞机制造厂飞机修理厂途中
注：从左到右依次为钟建安、王紫林、洪剑东、
梁洪生、肖发标、黄浩、张建和刘昌兵

省文保专家黄浩、梁洪生等
考察中央南昌飞机制造厂途中
注：从左到右依次为肖发标、梁洪生、
洪剑东、黄浩、闵忠荣和刘昌兵

省文保专家黄浩、王紫林等
考察中央南昌飞机制造厂飞机修理厂
注：从左到右依次为王紫林、刘昌兵、
张建、梁洪生和黄浩

省文保专家黄浩、梁洪生、闵忠荣等
考察中央南昌飞机制造厂周边历史建筑
注：从左到右依次为梁洪生、钟建安、
闵忠英、张建和黄浩

专家们十分肯定我校保留的一批历史建筑的文物价值，并提出了进行相关文物保护的建议。

专家们建议将中央南昌飞机制造厂指挥塔楼、飞机修理厂、飞机棚厂作为20世纪30年代工业遗产来保护。

一、旧址概况

中央南昌飞机制造厂旧址位于南昌市北京西路437号江西师范大学青山湖校区内，东至老美术楼，西接大礼堂，南邻办公楼，北到主干道北端，东西宽132米，南北长348米，占地2.24公顷，是我国近代一处集飞机制造、维修和航空人员培训于一体的大型航空工业旧址。

根据专家调查，中央南昌飞机制造厂旧址有指挥塔楼1座、飞机棚厂（飞机库）1座、飞机修理厂1个、飞机棚厂旧址1处、飞机跑道1处。这些丰富的遗存在中国近代建筑旧址中实属罕见。

中央南昌飞机制造厂修建于1935年，1937年底迁往重庆南川。1950年，国立南昌大学（如今的江西师范大学）迁入此地，指挥塔楼成为办公大楼，飞机库成为大礼堂，飞机修理厂成为教室或学生宿舍，飞机棚厂旧址成为广场。制造厂的历史风貌和文化教育风貌结合紧密，原有遗存建筑物功能改变，这在中国近代工业遗存中十分难得。

中央南昌飞机制造厂旧址在中国近代航空工业发展史、近代机场管理制度史、近代工业建筑史以及近代社会文化发展史等方面都具有非常重要的科学价值和历史价值。

二、旧址历史

1935年1月21日，孔祥熙代表国民政府军事委员会与意大利的菲亚特（Fiat）、卡坡尼亚（Caproni）、布瑞达（Breda）和萨伏亚（Savoia）四家航空公司代表签订合同，成立中央南昌飞机制造厂。因其聘请意大利技术人员和技术工人，制造意大利式飞机，故亦称“南昌中意飞机制造厂”。

按照中意双方合同规定，建厂经费由意方垫付135万关金，中国每年偿还20%，5年还清。按计划，开工第一年，在中央南昌飞机制造厂制造的部件占每架飞机总值的 20%，以后每年递增 20%，其余部件由意大利国内制成后运至南昌装配。至第五年，飞机全部在南昌制造。1936 年 11 月，中央南昌飞机制造厂开始修理飞机，培训技术工人。

至 1937 年 2 月，工厂建成主厂房 8 座、四层办公大楼（指挥塔楼）1 座。主厂房为飞机总装配厂房、发动机装配和试车房、机械加工厂房、机身骨架焊接厂房、热处理和钳工厂房、机翼和木工厂房、烘木厂房和白铁厂房。指挥塔楼与各厂房均有冷热空调设备，其中飞机总装备厂房最大，面积有 5000—6000 平方米。全厂规模之大，属当时国内少有。意大利方面称，中央南昌飞机制造厂在设备和规模上名列远东第一。

1937 年 4 月，中央南昌飞机制造厂开始制造飞机，工人多数从上海民用工厂高薪聘请。按计划，工厂首先制造布瑞达 25 式教练机 20 架和萨伏亚 S-81 式双发动机轰炸机 6 架。虽然萨伏亚机身是意大利本土制造，中国只造全机的 20%，但是制造这种双发动机的大飞机在中国还是第一次。

1937 年 7 月抗日战争全面爆发，中意交恶。至年底，工厂的意大利职工撤退回国。此时全厂约有中国职工 300 人，部分车间还没有开工，萨伏亚才装配 3 架，20 架布瑞达的机身和机翼也还只是半成品。工厂的人员和设备、器材等向西运送至重庆以南的南川县（现为南川区，下同），新厂址在南川县的一个山洞——海孔洞内。从此以后，中央南昌飞机制造厂旧址日渐荒废。

1950 年国立南昌大学迁入，中央南昌飞机制造厂旧址成为校园。1953 年，院系调整，该旧址成为江西师范学院校园。1983 年，江西师范学院更名为江西师范大学。2003 年，江西师范大学增辟瑶湖校区，中央南昌飞机制造厂旧址成为江西师范大学青山湖校区。

三、旧址保护

2004年起，江西师范大学青山湖校区外专楼长期展出中央南昌飞机制造厂旧址建筑利用变迁情况。

2004年起，江西师范大学瑶湖校区校史馆长期展出中央南昌飞机制造厂旧址建筑利用变迁情况。

2004年起，江西师大为青山湖校区（包括中央南昌飞机制造厂旧址在内）的十多幢老建筑设立牌匾，先行搞好文物保护工程。

2010年5月，江西师大设立专项研究课题，委托钟建安博士等人对中央南昌飞机制造厂的发展历史、变迁情况、历史建筑的年代等问题进行专项研究；委托闵忠荣教授等人对中央南昌飞机制造厂建筑旧址进行了地质测量。

2010年7—9月，江西师大对指挥塔楼外墙进行修复，恢复其原色外观及东南立面的4个圆窗原貌。2010年9月，江西师大对飞机棚厂和飞机修理厂进行修复，恢复其原色外观。

（文/张建　等）

二

生态校园

青山湖校区的青蓝湖与显微湖，通常简称“两湖”。“两湖”原本是抗日战争时期日机轰炸留下的炸弹坑，为日寇侵华之历史见证。

古朴的青山湖校区是南昌老城区稀缺的“绿肺”之一，是现代城市不可多得的“氧吧”。走进校园，大树参天，树在楼中，楼在树中，随处可见珍稀树种。主干道两旁的树木，依然保留了老南昌的“绿化风貌”。

20 世纪 50 年代，青蓝湖曾发现桃花水母，现存放在南昌大学生物系标本室。青蓝湖虽然地处闹市，但黑天鹅可以自然孵化出几代小黑天鹅，令人惊叹。

鉴于青山湖校区对野生动植物进行原生态保护，2011 年 4 月南昌市林业局授予我校“野生动植物保护示范校园”称号。

七只小黑天鹅在南昌“破壳”

2011 年 4 月 11 日，在江西师范大学青山湖校区，经过 3 只黑天鹅近 2 个月的孵化，当天上午有 7 只可爱的小黑天鹅出壳。

据该校青山湖校区办公室主任张建介绍，2011 年 3 月上旬，有人发现黑天鹅开始孵蛋。3 只黑天鹅“三班倒”轮流孵化，终于“修得正果”，喜获 7 只黑天鹅小宝宝。

据悉，7 枚黑天鹅蛋引起了很多师生的关注，大家都期盼着能孵出小黑天鹅。师生及时用草料搭建了黑天鹅孵蛋的窝，在天鹅食料方面也精心调理，对天鹅棚周边环境进行定期消毒，有时还划船过去看望一番。

终于，“功夫不负有心人”，经过 52 天的细心观察和悉心照料，7 枚天鹅蛋全部孵出，孵化率高达 100%。

（文 / 蒴彰、朱正，2011 年 4 月 11 日）

青山湖校区放养百余只松鼠

2010 年 10 月 21 日下午，青山湖校区指挥塔楼后面的树林十分热闹，围观的师生很多，还有小朋友好奇又兴奋地观看安装松鼠木屋，经过的游人也驻足下来，不时有人指点如何放养、保护松鼠。这一幕热闹情景，一直持续到夜幕降临。

18 时许，傅修延校长下班经过，闻讯一起参加了松鼠放养活动，见证了东北松鼠落户老校区的历史时刻。机灵的松鼠一出笼，就飞一般朝大树奔去，敏捷地爬上树梢，时隐时现，十分有趣，高高翘起的尾巴，显得俊俏可爱。

指挥塔楼后面的树林，枝繁叶茂，郁郁葱葱，生态环境十分利于松鼠活动。据了解，这批放养的松鼠来自东北，有黑魔王松鼠 40 只，金花松鼠 116 只，树上安装了 30 个漂亮的松鼠木屋，挂了 6 个喂食的吊篮，草

松鼠爬树

松鼠寻食

地设置了小碗供松鼠饮水，仿造了一个永久的、快乐的松鼠家园。

10 月 22 日上午，青山湖校区办公室接到了很多热心电话，人们都惊呼发现了可爱的松鼠，在树上、草地、路边，甚至办公室门前都有发现。大家在叫好的同时，也询问该怎么保护它们。青山湖校区办公室的负责同志提醒广大师生：请把松鼠当成是前来拜访的客人、朋友。全校师生员工一定要用爱心来关爱和呵护这些可爱的松鼠，不要伤害和捕捉它们，严禁乱投食物、放狗追逐、攀树看窝等行为。如发现受伤的松鼠，请及时联系指挥塔楼值班室救护。

（图文 / 蒴彰，2010 年 10 月 22 日）

青山湖校区野生保护动物种类

一、青蓝湖

白天鹅　学名大天鹅，别名黄嘴天鹅，属脊椎动物亚门，雁形目，是国家二级保护动物，全球易危物种。身体丰满，双脚短粗，趾间有蹼，脖子长。全身披白色羽毛，在水中游动时，脖子伸长与身体稍呈直角，神态悠闲自得。

黑天鹅　原产于澳大利亚，是天鹅家族中的重要一员，为世界著名观赏珍禽。其体貌特征为通体羽色漆黑，初级飞羽小部分为白色，背覆花絮状灰羽。

鸳鸯　鸭科鸳鸯属鸟类。英文名为 Mandarin Duck。春季在内蒙古东北部、东北北部和中部繁殖，冬季飞临长江中下游及东南沿海一带。鸳鸯是中国著名的观赏鸟类，经常出现在中国古代文学作品和神话传说中。

白鹅　分中国鹅和欧洲鹅两个系统，欧洲鹅起源于灰雁，中国鹅则由鸿雁驯养而成。中国鹅起源于东北，是一个很古老的鹅种。白鹅全身羽毛洁白。嘴、肉瘤、腿、脚、蹼为橘黄色。以青草、蔬菜、种子、糠麸、秕谷等为食。

鸿雁　鸭科雁属鸟类。有迁徙的习性，迁飞距离也较远。飞行时排成有序的队列，有“一”字形、“人”字形等。为一夫一妻制，雌雄共同参与雏鸟的养育。

二、显微湖

小䴙䴘　䴙䴘科，小䴙䴘属鸟类，又名水葫芦。体较小，上体黑褐而有光泽，下胸和腹部银白色，尾短，呈棕、褐、白等色相间。平时栖息于水草丛生的湖泊，食物以小鱼、虾、昆虫等为主。性怯懦，极少上岸，一遇惊扰，立即潜入水中。

绿头鸭　雁形目鸭科，鸭属鸟类。通常栖息于淡水湖泊，鸭脚趾间有蹼，少潜水，游泳时尾露水面，善于在水中觅食，喜爱干净，常在水中和陆地上梳理羽毛，精心打扮，休眠时互相照看。以植物为主食，也吃无脊椎动物和甲壳动物。

三、指挥塔楼附近

松鼠　松鼠为典型树栖鼠种，四肢强健，趾有锐爪，爪端呈钩状，体重通常在 350 克左右，雌性个体比雄性个体稍重一些。松鼠体态修长而轻盈，体长为 12—25 厘米，尾长而粗大，尾长为体长的三分之二以上，但不及体长。

松鼠的分布范围较广，在我国主要分布于东北三省，栖息于常绿阔叶林或阔叶混交林中，以树枝、苔藓和干草等为构巢物，在树枝间筑巢。松鼠每年可筑几个巢，有主、副巢之分，副巢用于临时休息。雄鼠很少筑巢，大多利用旧巢。

松鼠的食物以植物为主，也取食昆虫及其幼虫。夏季多取食各种浆果和蘑菇。在食物缺少的情况下，亦吃树的幼芽。

青山湖校区植物种类

指挥塔楼前 枣树，鼠李科；桂花，木樨科；水杉，杉科；雪松，松科。

指挥塔楼后 石榴，千屈菜科；紫薇，千屈菜科；湿地松，松科；日本柳杉，柏科；香樟，樟科。

公厕附近 枫杨树，胡桃科；紫藤，豆科；棠梨树，蔷薇科；粉单竹，禾本科；棕榈，棕榈科。

青蓝湖 雪松，松科；垂柳，杨柳科。

大礼堂南边 水杉，杉科。

红场边 女贞，木樨科；樱花，蔷薇科。

二教学楼附近 黄连木，漆树科；广玉兰，木兰科；香樟，樟科。

总务楼附近 喜树，蓝果树科；白榆，榆科；枫杨树，胡桃科；棕榈，棕榈科；桂花，木樨科。

显微亭 马尾松，松科；垂柳，杨柳科；紫叶李，蔷薇科；枸杞树，茄科。

综合楼附近 乌桕，大戟科；雪松，松科；青竿竹，禾本科。

双理楼附近 水杉，杉科；雪松，松科；广玉兰，木兰科。

图书馆前 重阳木，叶下珠科。

专家莅临青山湖校区参观指导

3月6日，经省林业厅有关部门推荐，国家林业局（现已改为国家林业和草原局）宣传办副主任樊喜斌一行前来我校青山湖校区参观，并开展校园生态文化建设调研，陪同前来的还有省林业生态工程建设管理中心殷海琼、熊晓兰等。

我校党委书记陈绵水在指挥塔楼四楼会议室接见了专家组一行，青山湖校区管理办公室负责人向专家组和学校领导作了专题汇报。校长助理熊大冶和党（校）办、生命学院课题组等有关人员参加汇报会。

汇报会气氛十分融洽，青山湖校区管理办公室负责人播放了PPT配音短片，着重介绍了老校区历史校园、生态校园、旅游校园和人文校园的建设情况，还展示了近期制作的《青山湖校区生态文化绿地图》，图上树木郁郁苍苍，历史建筑风貌依旧，大学文化底蕴厚重。

听完汇报后，陈绵水作了讲话。他首先感谢领导和专家关注江西师大的发展，前来实地了解我校生态校园建设情况。陈绵水接着说，我校青山湖校区秀气、漂亮，人文底蕴厚重。瑶湖校区大气、美丽，但应该有个更大的绿化规划。如再绿化十年，可营造四季有绿、有景，鸟语花香，可追求原生态森林保护，让野生动物和飞鸟前来栖息，那时我校校园将更加秀美。

陈绵水强调，今后植树要多种值钱的树、长寿树、适合本地生长的树，不要刻意造景，要恢复自然状态，让大学校园成为大“氧吧”，成为最美的地方。大学应该从绿色做起，努力成为绿色标杆单位。我校今后要重视苗圃工作，自己培育树苗，建造许多块苗圃，三年就可培植一大批树苗，把我校变成“绿色银行”。江西的特色是山清水秀，我们大学教育也要传播绿色文化，让学生走上社会后，也有意识地创造绿色环境。

樊喜斌表示，这次来到江西师大参观，美丽的校园给他留下了很好的印象，校园生态文化建设搞得不错。大学本是倡导教学的地方，没想到江西师大也是倡导绿色的地方。学校领导身体力行，是生态绿化的实践者。大学是文化高地，能在生态绿色中注入文化元素，肯定能建设很好的生态文明教育基地。

随行前来参观的中国林业科学研究院博导王成，认为我校《青山校区生态文化绿地图》内容翔实，可读性强，国内罕见，并表示愿意赠送一套植物管理软件，帮助我校提升植物管理和研究水平。

会后，陈绵水陪同客人参观青山湖校区，一边和专家讨论老校区大树养护和修剪技术，一边参观中央南昌飞机制造厂旧址、青蓝湖天鹅群和珍稀树种等。

（文 / 蒯彰，2012 年 3 月 7 日）

生态校园集照

美丽的青蓝湖

湖光绿映

绿荷葱郁

水草丰茂

野生动植物保护示范校园

野鸭嬉戏

鱼鹅争食

一鹅孵两窝

黑天鹅的蛋

两鹅带一仔

鹅吃食料

呵护

母爱

护幼

小灰鹅找妈妈

成长的快乐

秋荷觅食

青山湖校区成为“野生动植物保护示范校园”

2011年4月6日，江西师范大学青山湖校区被授予江西省首个“野生动植物保护示范校园”称号。受南昌市野保局的委托，青山湖校区承办了南昌第30届“爱鸟周”展示活动，本次活动的宣传主题是“科学爱鸟护鸟，弘扬生态文明”。

在江西师范大学70周年校庆之际，青山湖校区进行了一系列校园生态文明建设，考证和标识了校园各类树木的品种、树龄，挖掘了一批名贵树木的生态文化。校区先后整修了校园内的青蓝湖、显微湖，修筑栈道，种植荷花、睡莲和水草等，恢复校园内的原生态景观。现在校区内大树参天，水草丰茂，四季有花香，部分野生鸟类时常来光顾和“落户”我校。

青山湖校区的生态校园建设成效，引起了省、市林业和野保部门的关注和肯定。南昌市林业局授予我校“野生动植物保护示范校园”称号，希望青山湖校区成为省会城市保护野生动植物示范点，并建设成集“保护、示范和科研”于一体的“城市绿肺”，成为全省乃至全国的“野生动植物保护示范校园”。

（文 / 张建）

三

旅游校园

青山湖校区游览呈立体态势：一是空中可听音，听“琅琅书声”，听“百鸟鸣叫”，听指挥塔楼“塔顶钟声”。二是地面可观景，可看“四季花开”，春天看大礼堂周边盛开樱花和桃花，夏天看青蓝湖、显微湖盛开荷花和各色水草花，秋天看明德园等处满园桂花，冬天看塔楼、综合楼和老琴房周边高大雪松结满冰花。三是地下可探幽，可探老校区两处地下人防工程。

游览青山湖校区，有“四大看点”：一看青蓝湖的黑天鹅，自然孵化了三代新生命。二看一棵珍奇的三角槭，价值数百万元，还有一棵巨大的法国梧桐，价值连城。三看大礼堂的横梁结构。四看指挥塔楼（教育博物馆）集中展示校史各个时期的家具、办学实物，真实再现了当年艰苦办学和迁徙的情形。

古朴、典雅、秀美的江西师范大学青山湖校区欢迎您

尊敬的各位领导、各位来宾：

欢迎您来到江西师范大学古朴、典雅、秀美的青山湖校区！

青山湖校区坐落于南昌市北京西路437号，占地面积约33公顷，因东北角毗邻青山湖，故名青山湖校区。校区现驻有科技学院，高职学院，成教学院，软件学院，音、体、美学院的部分专业教育，学校各部门延伸管理机构，以及附中、附小和附属幼儿园，四个教职工住宅小区，校区人数共约1.8万人。

历史校园——修复和保护了民国建筑群旧址

1935年，中国与意大利合资在青山湖校区原址创建了中央南昌飞机制造厂。我校前身国立中正大学，搬迁到此地后，更名为南昌大学。1953年我校更名为江西师范学院，1983年更名为江西师范大学。

现存的中央南昌飞机制造厂旧址，呈一个“品”字结构，包括指挥塔楼（办公大楼）、飞机跑道（校园主干道）、飞机修理厂（老美楼）、飞机棚厂旧址（红场）、飞机库（大礼堂）。

江西省文物专家考证了中央南昌飞机制造厂旧址史料，确定了其对于我国近代工业建筑史、航空工业史、教育史的重要文物价值。我校履行保护文物的社会责任，将旧址建筑群复原旧貌。此举受到新闻媒体热切关注。

生态校园——青山湖校区被授予“野生动植物保护示范校园”称号

青山湖校区的青蓝湖与显微湖，通常简称为“两湖”。“两湖”原本是抗日战争时期日机轰炸留下的炸弹坑，为日寇侵华之历史见证，早年是一片荒芜的水坑，到了20世纪80年代初期修建成两口方塘。2010年校庆前夕，经过全面治理和美化，“两湖”景色更加美丽。

青蓝湖之美，美在湖畔栈桥环绕、大树参天，是夏天避暑纳凉的好去处。美在湖面上有“白毛浮绿水，红掌拨清波”的白天鹅，悠闲自在的黑天鹅、野鸭、雪雁、鸿雁、鸳鸯，活跃的鲤鱼群在水中嬉戏，引来无数游人驻足欣赏。显微湖之清，清在湖面四周植有荷花、旱伞竹、睡莲、再力花、千屈菜、野菊花等近20种美观易活的植物，不仅能够观色、闻香，还能改善水质、净化空气。显微湖也可称为“静水湖”“湿地湖”和“园林湖”。

青山湖校区虽然地处闹市，但青蓝湖和显微湖里的黑天鹅、雪雁、野鸭们争先恐后地下蛋，日夜孵化。20世纪50年代青蓝湖曾发现桃花水母，现存放在南昌大学生物系标本室。2010年10月12日21时15分，青蓝湖畔第一只小雪雁自然孵化“出壳”，是青山湖校区生态校园建设的标志性事件。后来，黑天鹅相继自然孵化出三代天鹅，更引得世人瞩目，无不惊叹青蓝湖的生命奇迹。显微湖水草丰茂，也引得野生小鸊鷉飞来“落户”，显微湖草丛里也相继孵化了两代野鸭。“两湖”的“生态奇迹”和指挥塔楼后面树林的“松鼠奇观”，吸引了部分新闻媒体记者进行长期跟踪报道。

从卫星地图上看，青山湖校区是南昌老城区稀缺的“绿肺”之一，是现代城市不可多得的“氧吧”。走进古朴的青山湖校区，大树参天，树在楼中，楼在树中，人在树林中，树与楼争抢阳光。据考证，校园随处可见树龄60年以上的珍稀树种,“最珍贵的树”是一棵三角槭,价值数百万元。“最美的树”是一棵巨大的法国梧桐,树状优美,价值连城。主干道两旁树木,依然保留了20世纪50年代老南昌的“绿化风貌”。由我校自行制作的《青山湖校区生态文化绿地图》是全国第一张涵盖动物、植物和生态文化的校园绿地图,可供游人一览生态校园全貌。

鉴于青山湖校区对野生动植物进行原生态保护和社会各界的好评,南昌市林业局于2011年4月授予我校青山湖校区“野生动植物保护示范校园”称号。

旅游校园——“一纵三横”线路景观看点多

青山湖校区是南昌城区 的“风水宝地”,是我校在南昌城区的形象窗口,是江西省青少年音乐、体育、美术学习中心,是各类社会考试中心、学术交流中心,是师大附中、师大附小的驻地。有人惊叹这里的民国建筑群保留完好,有人能说出这里四季的风景,有人发现这里的景观呈“一纵三横线路”布局:

“一纵”线路指从南到北的校园主干道两边景点:人民教师雕像—指挥塔楼/水杉林—红场/老美楼—二教学楼/老图书馆—香樟林/青山湖图志—校园风景石刻/老总务楼/老琴房—民德园/桂花林—培训楼/网球场—银干楼/体育大楼—校训牌坊/校址文化墙。

“三横”线路:一横景点为“青蓝湖—指挥塔楼—逸夫楼”;二横景点为“大礼堂—红场—老美楼—王字楼”;三横景点为“显微湖—外专楼—总务楼—老琴房—音乐楼/美术楼—学术交流中心”。

当前,老校区旅游资源开发呈立体态势:

一是空中可听音,听“琅琅书声”,听“百鸟鸣叫”,听指挥塔楼“塔顶钟声”。每天在8时、12时、14时、18时、22时的5个时点,每次敲钟 9 下，与瑶湖校区钟楼巨钟同时鸣响，提醒新、老校区师生同时作息。

二是地面可观景，可看“四季花开”，春天看大礼堂周边盛开樱花和桃花，夏天看青蓝湖、显微湖盛开荷花和各色水草花，秋天看明德园等处满园桂花，冬天看塔楼、综合楼和老琴房周边高大雪松结满冰花。

三是地下可探幽，可探老校区 2 处地下人防工程。建于 20 世纪 60 年代的人防工程网，可同时容纳上千人。这里曾作为师大学子十余年的地下阅览室，冬暖夏凉，是当年读书的好去处，让众多老校友念念不忘。

游览老校区，有人总结了“十个看点”：

一是世界珍禽大天鹅，在鄱阳湖景区只能透过望远镜观看，而在青蓝湖水面上，大天鹅近在咫尺。

二是大礼堂的横梁结构。大礼堂的横梁跨度是当时（1935 年）除钱塘江大桥之外的“中国建筑最大跨度”。

三是“两湖”的生态景观。地处闹市区的青蓝湖，黑天鹅自然孵化了三代新生命，显微湖飞来了野生小鸊鷉，野鸭自然繁殖了两代新生命。

四是南昌城区唯一的三角槭，价值数百万元。

五是老校区率先被授予“野生动植物保护示范校园”称号，松鼠、天鹅、野鸭已成为校园朋友。

六是指挥塔楼集中展示校史各个时期的家具实物，真实再现了当年艰苦办学和迁徙情形。

七是全国第一张大学生态地图，涵盖了动植物和生态文化介绍，配以校园平面和立体地图同时展示。

八是长寿校园。截至 2011 年 11 月，校区内 80 岁以上老人有 126 位，90 岁以上老人有 7 位。

九是天然博物馆。校园内有 3 栋国家级保护建筑、8 栋省级保护建筑，有 4 处“校史存照”参观点，在东边园中园酒店、西边外专楼、南边指挥塔楼、北边银干楼内悬挂校史旧照，供游人参观。

十是从幼儿园、小学、中学到大学的多层次办学。游客可考察职前的大学教育、职中的大学科技园、职后的成人继续教育，也可见校区管理难度之高。

青山湖校区率先被授予“野生动植物示范校园”称号之后，正积极申请列为省级城市旅游线路。今后，来南昌的游人不妨来江西师大老校区看看，一看可能会惊叹，不看一定会遗憾。

人文校园——厚重学府文化积淀深

青山湖校区办学历史悠久，人文荟萃，老建筑密布，30余处景观碑刻，处处彰显历史记忆，积淀厚重学府文化。校园水杉林，生机勃勃，为纪念胡先骕博士，林中设有景观碑刻，着重介绍胡先骕的《水杉歌》。位于校园正大门广场的“人民教师”大理石雕塑，表现教师职业神圣。校园主干道最北端的校训牌坊和校址文化墙，集中反映了“静思笃行，持中秉正”的校训精神，展现了学校历史变迁：“白鹿开先—杏岭肇基—赣南励志—望城凯旋—青蓝更始—拿山行返—重返青蓝—更名师大—瑶湖弦歌/靖安分校—银校并入—共青展望。”

平日，在香樟“读书林”下，校内学子和社会求知者聚集于此，日夜读书，不受外界影响，自享读书乐趣。知名的“红场英语角”，每到周四夜晚，华灯初上，从四面八方赶来的英语爱好者，在红场大声用英语交流，以提高英语口语能力。30余年来，这里成了南昌市特有的“英语角”。

（文/翦彰）

旅游校园集照

红场

指挥塔楼东南角

指挥塔楼南

教师雕塑

雕塑广场

大礼堂前的树木

二教楼

一教楼前的大道

青蓝湖

青蓝湖北角

青蓝湖西北角

鸟瞰青蓝湖

显微湖

动感显微湖

静谧显微湖

显微湖游道

水边菊香

北望红石房

雪雁嬉戏

天鹅小屋

综合大楼南

读书林

指路石

友教亭北

校园主干道

水杉林

松鼠林

校训墙

香樟林

雪中显微湖

雪映大礼堂

雪松迎雪

雪印栈桥

雪过青蓝亭

四

人文校园

1949年，国立中正大学改名为南昌大学，并搬迁至青山湖校区办学。1953年适逢全国高校院系大调整，从这里调出的院系分别到华中工学院、华南工学院、中南矿冶学院、中南财经学院、中南土木建筑学院等高校，南昌大学生物系在1962年前一直在青山湖校区办学。

青山湖校区30余处景观碑刻，积淀厚重学府文化。为纪念植物学家、第一任校长胡先骕博士，林中设有胡先骕的《水杉歌》景观碑刻。

“人民教师”雕塑，表现教师职业神圣。校园主干道最北端的校训牌坊和校址文化墙，集中展现了“静思笃行，持中秉正”的校训精神和学校的历史变迁。

老校区的老建筑记录着历史沧桑和文化底蕴，建于1935年的指挥塔楼等5处民国建筑旧址，是南昌市区目前保存完好的、最大规模的民国建筑群。

悠悠显微亭

——纪念抗日英烈姚名达

编者按 在中国人民抗日战争暨世界反法西斯战争胜利70周年之际，学校在显微亭前举行了祭奠活动，缅怀1942年为抗日捐躯的姚名达（号显微）教授。《悠悠显微亭》一文，简要地回顾了姚名达烈士的抗日事迹和显微亭的建造经过，介绍了显微亭内匾文、楹联内容等，供读者参考。

显微亭

显微湖，坐落于南昌市北京西路437号江西师大青山湖校区西北方位。在湖的东南角，耸立着一座纪念亭，名曰显微亭。碧瓦、红柱的亭廊内，高悬着一块石刻匾牌，上面记述了姚名达教授的生平事迹。显微亭正面亭柱上有一副汉白玉刻字楹联。显微亭无声地为后人们讲述着一个荡气回肠的英烈故事。

建亭由来及命名

1990 年，江西师大 50 周年校庆前夕，为了纪念姚名达教授，增添校庆历史文化底蕴，学校决定建造显微亭。

当时，负责筹建显微亭的是时任师大校办主任的钟善治先生。他回忆原来校园西北角的湖叫四方塘，后来建了显微亭，才改称显微湖。选址在湖边建纪念亭，是因湖边容易改造和美化。利用湖东南角的一个水泵房，用假山包围，垒成一个阶梯式小山坡，坡上建亭。周边插植常青松、文竹、紫叶李、冬青树和剑麻，营造出庄严、肃穆的氛围。因在校园内建纪念亭，学校当时对显微亭设立了“不立碑、不祭扫”的管理规定。经省委宣传部批准，纪念亭正式命名为“显微亭”。

在显微亭的假山下，还安放着姚名达烈士的骨灰。据钟善治先生介绍，这是在建校 60 周年前夕，当时的校办秘书科长、校友会副秘书长黄保文代表学校和校友会，陪同姚名达之子姚果源等亲属，专程前往泰和县杏岭村姚名达墓地而迁来的。

显微亭刻字解读

现在显微亭内刻字有三处，可供游人瞻仰姚名达烈士事迹和了解建亭的由来。

一是显微亭内高悬的一块大理石横匾，竖刻有典雅的隶书《爱国学者姚名达教授事略》，原文如下：

姚名达（1905—1942），字达人，号显微，江西兴国人。一九二三年六月省立赣县中学卒业，考入上海南洋公学国学专修科。一九二五年考入清华大学国学研究院，受业于梁启超先生。其后，应上海商务印书馆之聘，任编辑并特约撰述。所撰《目录学》《中国目录学史》《中国目录学年表》为代表作品。一九四〇年十月，国立中正大学创办，校长胡先骕特聘其为研究部研究教授。一九四二年六月，日军侵扰浙江金华、江西上饶一带，姚先生发起组织“战地服务团”，被推为团长，率团员三十余人奔赴前线。一九四二年七月，于石口村被日军包围，先生奋力与敌搏斗，壮烈殉国。终年三十七岁。

值此建校五十周年之际，经中共江西省委宣传部批准，此亭命名为显微亭，以志纪念。

二是显微亭正面左右方形红柱上镶嵌的一副汉白玉楹联，刻有胡先骕专为姚名达烈士撰写的一副对联，系由当时美术系青年教师范坚先生（现为著名书法家）书写的鎏金行书，原文如下：

盛年积学，识贯古今，黉序获良师，平生读尽陈篇，早有鸿文垂宇宙；溽暑遄征，志吞胡羯，荒村斗强寇，今日缅怀教泽，永留浩气壮山河。

三是显微亭的正面汉白玉楹联的横批处，是一块大理石匾牌，书写三个狂草大字“显微亭”，由当时美术系青年教师邱振中（现为著名书法家）所书写，因为狂草书法难以看懂，不时有人呼吁改换题字，但更多的师生一直倾向于尊重原作，尊重书法创作本意而未改。

见证抗战之景观

显微亭边的湖是一个富有传奇色彩的湖，因抗战而生，因校园而存。在湖边至今立有一座纪念碑刻，原文如下：

显微湖，曾名四方塘，原貌荒芜。1986 年清淤整修，砌岸建亭，1990 年，为纪念革命烈士姚名达（显微）教授，报请中共江西省委宣传部批准，湖畔之亭命名为“显微亭”，湖遂改为显微湖。

碑刻说清了湖与亭的关系：先有湖，后建亭；先有四方塘，后改名为显微湖。有人回忆起 20 世纪 90 年代《江西师大报》的《师院旧谈》专栏曾刊发过一篇追忆文章，其中谈到校园内青蓝湖和显微湖的起源，均是日军轰炸中央南昌飞机制造厂（校园旧址）形成的巨大弹坑，经过半世纪修整而成了校园的两个湖。现有青蓝湖湖边纪念碑刻原文可以佐证。

青蓝湖，因抗日战争时期日机轰炸留下之弹坑而形成，为日寇侵华之历史见证。国立南昌大学时期因坑筑湖，1985 年砌岸修篱，环湖遍植珍贵花木，并修湖心亭与白鹿雕塑。后经学校研究决定，将湖心亭命名为“青蓝亭”。

爱国爱校精神永存

显微湖因抗战而生，故事源远流长，如今又修葺一新。斯人已故，但精神永存。师大人永远缅怀姚名达教授，不断地收集有关抗战的校史故事，教育后人。

1987 年，中华人民共和国民政部正式追认姚名达为革命烈士。

1990 年，学校建“显微亭”以纪念姚名达烈士。2000 年，姚名达烈士忠骨由泰和杏岭迁入“显微亭”。2002 年 3 月，全国人大常委会原副委员长雷洁琼为姚名达烈士题辞：抗战捐躯教授第一人。

2014 年 9 月 1 日，民政部公布第一批在抗日战争中顽强奋战、为国捐躯的 300 名著名抗日英烈和英雄群体名录，姚名达教授入选。

2015 年 6 月 5 日，姚名达烈士油画肖像悬挂于名达楼。2015 年 8 月 31 日，学校在显微亭前举行祭奠活动，缅怀抗日英烈姚名达教授。

显微亭，缅怀姚名达教授奋勇抗日、为国捐躯的精神，熠熠闪光，矗立在青山湖校区的青松之上，让爱国爱校教育精神永存。

（文 / 翦彰，2015 年 9 月 1 日）

旧时桌椅今重现　老楼家具映校史

最近，来过青山湖校区指挥塔楼的人，都留意到一楼大厅出现的变化。数十年来未曾见过的学校旧时家具，现在被陆续找回来，经过清洗和整修，展示在大厅两边，引起不少人的关注和好评。展出的家具来自国立中正大学、南昌大学、江西师范学院、井冈山大学、江西师范大学五段时期。旧时家具现在可坐可观，让人睹物思情。这是青山湖校区“光大传统，文物寻宝”活动的一次集中展示，为老校区人文校园建设增添了一处独特的景观，寄托着全体师大人的记忆。

学校领导带头寻“宝”，光大传统，一年半以来收获满满

2009 年 7 月，学校刚提出了“凝聚人心，振奋精神，光大传统，再创辉煌”十六字精神，即派人前往泰和杏岭，寻访国立中正大学时期的记忆，找到 2 把国立中正大学时期教工用过的椅子。傅修延校长多次带领相关人员，冒着酷暑，深入青山湖校区图书馆、体育场馆、离退办、医院等处，寻找学校的旧时家具，找回了原大礼堂长条椅子 10 张、长方形阅览桌 3 张、多任校长曾用过的九斗办公桌 1 张、五斗桌 3 张、靠背椅 5 张。

这些椅子和桌子，饱经岁月风霜，但曾经的印记难以磨灭。国立中正大学时期的长条椅子有刻字为证，有的一边是“正”字，虽在“文革”期间曾遭铲除，但痕迹依然明显，另一边则是保存完好的“大”字；有的

一边是“南”字，另一边是“大”字，两边都保存完好，老教职工一眼就能认出是南昌大学时期的椅子。

旧时家具各有特点，比如国立中正大学时期的长条椅，在抗日战乱中辗转迁徙，用松木制作，刻字大而粗，字外刻圆圈；南昌大学时期的桌椅，制作时适逢1949年南昌解放，所使用的木料以白樟木为主，做工尤为精细，工艺高超，对接处少用铁钉，多用榫头，十分牢固，一般用弧线和圆面处理家具直角，烙印小而细，形为方章。

一年半来，寻找回来的学校各个时期的家具有很多，有一部分已经收藏在瑶湖校区校史展览馆，另一部分放在青山湖校区指挥塔楼一楼展示。有南昌大学时期的长方形樟木阅览桌、“K”字靠背椅，有烙印“南昌大学”的五斗办公桌、樟木扶手椅，有镶刻“五角星”的江西师院时期讲台，有在第一、二教学楼使用过的“连体课桌椅”，有在井冈山大学时期使用过的图书架，架板上还烙有深深的火印“井大”二字。现今，常有人来指挥塔楼参观，抚摸着这些旧时家具，无不感叹学校的发展和变迁。

多名教职工藏“宝”，无私奉献，留下许多感人故事

指挥塔楼所展示的家具，最早的属国立中正大学时期教职工用过的椅子，最晚的属江西师院时期的课桌椅。经过岁月磨损，大部分家具的木质纹路都已凸现，泛出铜褐底色，字迹隐约刻印其中。很多来鉴赏的人，一致认为这些家具有历史价值，是江西师大的校史文物的“宝贝”。

很多人想知道，指挥塔楼大厅的那张南昌大学时期的整樟木阅览桌是怎么保存下来的。一位普通女工在印刷车间几十年来，一直保存着那张阅览桌，在她退休后又传给儿子接着保存。两代人保护一张桌子的故事，在前不久才被发现，让很多人十分感慨。师大藏“宝”人还有多年在师大后勤做值班和清洁工作的校工，他们一直珍藏着南昌大学时期的五斗桌、“K”

字靠背椅、井冈山大学时期的书架。当他们得知校方要收集文物，虽相伴多年，感情难舍，但他们都无私地把文物奉献出来。

现在找回来的那些国立中正大学时期的长条椅子，是在室内体育场馆、游泳馆、艺术大楼等处被发现的。这些家具能完整保存至今，是因为那些公共场地不嫌弃家具破旧，还是因为那些厚重家具既耐用又不怕磨损呢？这至今也是个谜，这个谜的谜底应该是那些平凡的楼栋管理员，是他们几十年如一日地爱护，才使这些“宝物”完整保存。

青山湖校区老图书馆也许是天然的收藏文物之处，有一间堆放“宝物”的地下室被发现。在离退休办的老同志活动场所，人们兴许更爱怀旧，也有一些旧时家具被发现。在这两个地方收集“宝物”时，我们得到了两位同志的大力支持和配合，也正是这些办公室工作人员的藏“宝”情结，才使这些旧家具安然保存。

充分地展示好这些“宝”，挖掘内涵，传承师大历史记忆

2010 年适逢我校 70 周年校庆，青山湖校区一边加大整治和美化力度，提升老校区管理水平，一边丰富校区的人文和历史内涵。收集和展出这些学校各个时期的家具，起到了很好的宣传作用。

其一，在建于 1935 年的指挥塔楼内展示这些家具“宝物”，是校庆前后的寻根活动之一。校庆期间，很多老校友和新同学来到指挥塔楼参观，聆听校园导游的讲解，有的就地感怀、了解校史、追寻历史记忆，有的站在指挥塔楼台阶前高唱校歌，有的请来摄影师在此照一张集体合影。各类校史家具的展出，为校园增添了一处独特的文物景观。

其二，旧时家具的收集，唤起了老校区群众的文物保护意识。如最近有人反映在宁都长胜中学，就还保存有国立中正大学时期的老式家具。也有人来证实，西区 5 栋边的残存高墙，就是原中央南昌飞机制造厂的一个

碉堡岗楼。前几日，工作人员正在清理指挥塔楼地下室时，发现了 6 张旧时圆形靠背椅，金融学院领导闻讯后，立即派人搬走。据说，这些靠背椅不久将在银干楼的纪念室内展出。时下，老校区人人识“宝”、爱“宝”、献“宝”的风尚正在形成，校园历史氛围日益浓厚。

其三，为了配合家具展出，丰富历史建筑的内涵，指挥塔楼从一楼至五楼布展了校史旧照。在一楼大厅墙上悬挂学校创始以来五段时期的校大门照片，与家具同堂展示、相互印证。在塔楼内收集和展示的旧照中，有一部分是老教工珍藏几十年的老照片，第一次向公众展出，勾起了很多人的记忆。尤其是在一楼大厅展出的讲台上方，有一幅《杏岭群贤》油画，参观者可以感受先贤与讲台的气质，也可以领略油画中人物的风范。

国立中正大学时期的松木椅

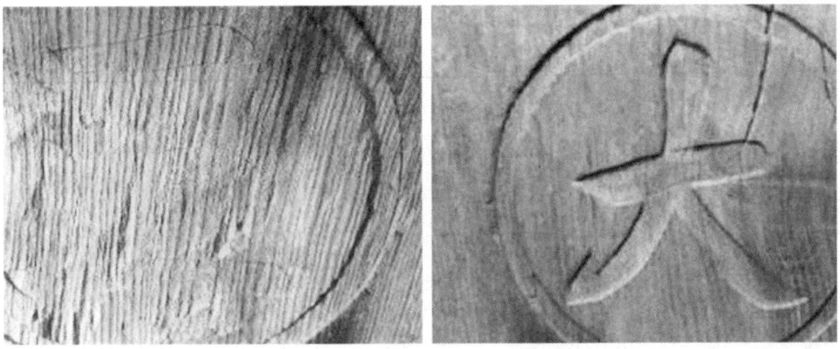

长条椅“正”“大”刻字

大礼堂长条椅

长条椅“南”“大”“南昌大学”刻字

南昌大学时期的整樟木桌

南昌大学时期的办公桌椅

江西师院时期的火腿椅

井大书架火印

（图文 / 翦彰，2010 年 12 月 6 日）

可鉴名楼名人名钟　丰富老校文化内涵

——从北京大学看我校老校区文化的遗缺

2018年7月中旬，我有幸参加了学校党委组织的北京大学暑期研修班。在聆听众多学者讲座和参观学习中，我有一种很强烈的体会，那就是北京大学的师生有一种无与伦比的文化自信。我能感受到校园的古建筑文化积淀、辉煌的校史故事以及名人的巨大影响。

学习结束后，结合我校青山湖校区的校园文化，我认为我校与北京大学有相似之处：一是都是老校区，都有老建筑；二是校园都有厚重的校史故事；三是校园都有名人古迹文化。在我校70周年校庆前夕，青山湖校区曾挖掘了历史建筑文化，即民国时期中央南昌飞机制造厂的旧址，但在名人和名迹挖掘方面，我校还做得不够，还有遗缺。

本文以“可鉴名人名楼名钟，丰富老校文化内涵”为题，简要阐述我校青山湖校区现有的、展示比较充分的历史建筑文化。同时，本文也查漏补缺，对“胡先骕来老校区讲学”和“国立中正大学铜钟”进行补充阐述，希望我校80周年校庆筹办活动时予以关注。

一、多宣传青山湖校区“老建筑”露天博物馆

青山湖校区50年以上的历史建筑有12栋，现在建筑正面都标有建筑年份，分别是建于1935年的指挥塔楼、飞机库（大礼堂）、飞机修理厂（老美楼）、飞机棚厂旧址（红场），建于1952年的总务楼、王字楼、外专

楼，建于1953年的老琴房，建于1955年的第一教学大楼，建于1958年的第二教学大楼、老物理馆和建于1959年的老图书馆。

青山湖校区在1935年为“中央南昌飞机制造厂”，因和意大利合资，也称“中意飞机制造厂”。现有指挥塔楼是当年机场指挥楼，大礼堂是飞机库，老美楼是车间，红场是遗留的机场地面，校园主干道是当年制造厂的小型飞机跑道。指挥塔楼等处于2010年校庆前夕，恢复旧貌，同年被列为江西省重要文物的“百大”发现之一。

二、可塑造胡先骕“第二教学大楼”讲学文化

1957年，邓宗觉任江西师范学院生物学系系主任。植物分类学是生物学系专业基础课之一，理论与实践并重，又具有地域性特点。为保证教学质量，他邀请我国近代植物分类学奠基人之一——胡先骕博士来院讲学。消息传出，师生无不欢欣。许多师生知道胡先骕在植物分类学上的贡献，如能亲聆博士教诲，定为一生之幸事。当时一位学生说：“一识胡博士，我学生物学之愿足矣。”

南昌四五月间，风和日丽，胡先骕从上海乘火车来昌，到站后，心情舒畅，径直赴会座谈，谈笑风生。这是他自1949年中华人民共和国成立后首次返乡，遂借此机会参观家乡新貌，探望久别的亲友。讲学时间为1个月，每周3次，隔日进行，共讲4个专题。当时上课地点设在青山湖校区“第二教学大楼阶梯教室”（现归师大附中使用），而现场师生却达300余人，只好临时加凳子。胡先骕在授课中，为照顾不同对象，深入浅出，旁征博引，理论与实践并重。胡先骕坚持科学，使听者受益匪浅。每次讲课结束前，胡先骕都有意留下一段时间，解答问题。

讲学期间，应杨惟义教授之请，他赴农学院座谈一天。讲学结束后，胡先骕赴庐山，故地重游，并在其亲手创建的庐山植物园讲学。

鉴于胡先骕到青山湖校区讲学这一重要校史事件，我建议学校或师大

附中对第二教学大楼阶梯教室重新命名，并且进行文化布置，将教室打造成为“胡先骕讲堂”，或在老校区主干道双理楼位置，树一尊胡先骕铜像，纪念胡先骕来校讲学之行。

三、可修建“校钟亭”人文景点

当你在青山湖校区徜徉漫步，你可以听“琅琅书声”，听“百鸟鸣叫”，听指挥塔楼“塔顶钟声”。青山湖校区敲响的是国立中正大学时期的铜钟。

根据离休老干部米玉柱的回忆，这口老钟原挂在指挥塔楼楼顶的东南角，敲钟人赵庚胤是河南人。他曾当号兵，随军队开拔到了南方，后在江西泰和停留，被国立中正大学招聘为校工，专门吹号、敲钟。他先后在国立南昌大学、江西师范学院敲钟。他中等个头，椭圆的脸，黝黑的皮肤，两眼炯炯有神，稍有驼背。他住在办公大楼四楼东北角的一个房间里。

敲钟虽说是普通的工作，但很重要。钟声是学校的号令，早晨起来、白天上下课、课间操、课外活动、晚自习、就寝熄灯，所有这些活动都按钟声而动。赵庚胤敲钟准确，极少有晚点错点，为了校验准时，在他的住房桌上摆着四五只闹钟，一年四季嘀嗒嘀嗒地响。赵庚胤外出挑开水时还在扁担上挂着一只闹钟，以免自己延误了敲钟时间。

不管是风和日丽还是狂风暴雨，赵庚胤都能按时到四楼楼顶上的钟楼去敲钟。这钟的声音浑厚洪亮，远在八一广场也能听到。

这口老钟现在保留在指挥塔楼塔顶一小间铁质小屋内，安装了电动定时敲钟机械转盘。我建议在我校 80 周年校庆时，学校能拨出专款，整修钟亭和有关设备，加装一部室外电梯，方便游人上下楼，并且将其打造成一个可供参观的人文景点。

（文 / 张建，2018 年 8 月 16 日）

地下阅览室藏照

学生在地下阅览室读书

学生在地下阅览室自习

学生读书结束

学生走出地下阅览室

现香樟林阅览室洞口

校领导参加井冈山红色培训高端峰会并察看我校旧址

为纪念井冈山革命根据地创建85周年，2012·中国井冈山红色培训高端峰会于10月27日在井冈山隆重举行。受主办单位和承办单位邀请，时任我校纪委书记周晓朗代表学校参加会议。

会议期间，周晓朗书记观摩了井冈山红色培训活动和红色文化产业发展，参观了井冈山斗争时期的廉政文化展览。

利用会议间隙，在井冈山教育局领导的陪同下，周晓朗代表学校前往我校前身井冈山大学旧址（拿山中学）参观，实地察看该校保存至今的一栋主教学楼和一栋宿舍楼。1969年1月成立的井冈山大学，当时的全部资产就是一栋主教学楼、两栋两层楼宿舍和一个简陋的饭厅，办学条件相当艰苦。

据拿山中学曾校长介绍，该栋主教学楼和两层宿舍楼建于1958年，属于当时苏联援建的俄罗斯风格建筑，经历半个多世纪风雨侵蚀，房顶和室内十分破损，属于危房，亟待整修，现已停止使用。但考虑到该楼的文物价值，校方一直保留至今。

（文/翦彰，2012年10月27日）

五

创作编

岁月静好，在本人管理师大青山湖校区的十年间，我曾以笔名“翦彰”，为那个美丽的校园发表过数万字的原创文章。

人到中年，思乡心切，我有一段时间热衷于乡土文学创作，以“敖古”为笔名，在一些知名的媒体上，发表过一些散文，主要是写乡村、乡亲、乡思、乡愁。有时来了灵感，一发不可收，有时写着写着，自己好似梦回了一次家乡。

“文学是人学”，写作即人生。在工作之余，我还以“子闻”为笔名，把我在南昌工作、生活的所见、所闻、所想、所感，以散文、诗歌的形式，自然又真切地表达出来。我想，能做到有感而发，有感而写，这便是我的一些乐趣吧。

梦回家乡　溪水流淌
人生无涯　城市遐想

【文化研究】

海昏两千年　世界新名片　江西网红点

——关于尽快高位谋划打造环鄱阳湖大旅游项目的建议

内容提要：打造环鄱阳湖旅游大项目，不仅可以给江西旅游树立一个省级目标，而且还可能使江西实现旅游产业升级，相当于发掘到一个新的经济增长点。江西旅游业发展缺乏创新亮点，景区之间缺乏协调机制，旅游发展规模较小。建议规划环鄱阳湖旅游圈，整合和优化江西中、北部旅游资源，实现一体化策划和运营。同时，建议将新建区或永修县改为海昏县，以引发“一炮而红”效应，提升江西两千年海昏“龙头”文化在全国旅游界的知名度。另外，强调环鄱阳湖旅游项目重在全社会的参与和共享，解决民生就业，支持企业创业，盘活产业链发展，促进旅游业与其他产业的融合发展。

江西自古有“物华天宝、人杰地灵”之美名，自然资源与人文景观极为丰富，红色与古色旅游资源享誉国内外。然而，在长期的经济社会发展历程中，江西旅游业似乎做大了红色旅游（南昌、井冈山、瑞金），却无法做大古色旅游，尤其是南昌周边的旅游。

可“海昏侯”有着两千年前的稀世珍宝和汉代文化，似乎还沉睡在鄱阳湖边上，盼望着早日“复活”。而现在不多的游人去参观的仅仅是一个海昏侯的墓，为何不抬抬眼，远眺一下鄱阳湖呢？自汉代以来，环鄱阳湖的传奇故事，老百姓都能津津乐道，为何不能把两千年的这些故事，串联起来叙述，让世界惊叹，让江西名扬，让省会城市南昌做一头“领头羊”，让鄱阳湖相连的各旅游景点，都跟着“环湖高铁”火一把呢？

基于上述思考，我建议重新审视和挖掘江西文化软实力，汇聚和梳理现有旅游资源，尽快谋划在高位打造环鄱阳湖大旅游项目，为江西的古色旅游增辉，让世界的鄱阳湖添彩，为活化江西的旅游经济聚力。

一、江西旅游的优劣势分析

（一）江西旅游优势

1. 江西生态优势

为全面提升全民健康水平，中共中央、国务院印发了《“健康中国2030”规划纲要》，为江西旅游业的发展带来了重大机遇。江西拥有丰富多样的自然景观、人文遗产和红色旅游资源，可以为游客提供多元的文化体验，同时具备发展生态旅游和健康养生旅游的条件。江西可以依托旅游资源，转变旅游品牌和目的地形象，设立以“环鄱阳湖绿色生态圈”为地域特色，发展以“山、江、湖”为核心的“古色＋民俗＋康养旅游带”，将人文景观、自然风光、民俗文化等融合在一起，形成独具吸引力的江西旅游品牌。

2. 鄱阳湖区位优势

2009年，国务院批复的《鄱阳湖生态经济区规划》将环鄱阳湖地区提升为国家战略的发展规划。这一规划赋予了旅游业重要的地位，并强调旅游业对经济和生态的积极作用。这为推动该区域旅游市场发展，促进区域旅游业的协同发展和深入推进提供了基础，同时也为环鄱阳湖地区旅游业的快速发展和整体崛起提供了重要机遇。

3. 环湖高铁有基础

2018年，全国首趟“环鄱阳湖”动车开行，全程约6小时，途经16个市县，方便了环鄱阳湖城市群之间的人员往来。这是全国首次开行的

“环湖”动车，也是沪昆高铁南昌至上饶区段首次开行的“D”字头动车。环鄱阳湖地区不仅是经济发达地区的核心区域，也是连接多个城市群的枢纽。凭借鄱阳湖的独特吸引力，江西吸引了“中距离”客源，并可发展区内短途游。在当前创新变革的背景下，环鄱阳湖旅游带具有巨大的生态旅游发展潜力。江西应重点发展生态旅游和古色旅游，展示江西“绿色”和“古色”相结合的独特魅力，并在新的历史发展阶段，探索江西旅游广阔的发展空间和国际合作前景。

（二）江西旅游有短板

1. 旅游创新少亮点

随着市场经济发展，旅游新业态与产品不断涌现，促进了旅游市场的创新发展。江西旅游业发展虽潜力巨大，但缺乏创新亮点，这是制约大旅游项目开发的关键因素。

目前，江西自然生态旅游以山岳型景区为主，类型单一、体验性不强，无法满足游客对生态康养的需要。江西历史文化旅游产品也缺乏创新亮点，很少给游客留下独特印象和个性化体验，无法建立强有力的目的地形象。由于缺乏创新亮点，江西旅游业发展整体呈现盲目性和不确定性，未来发展及相应投资措施，缺乏有力的计划和支撑。

2. 景区之间缺协调

江西旅游产业存在各景区间连贯性和协调性不足的问题，缺乏资源和产品的整合。政府部门和地方企业对旅游业发展缺乏有效的支持和管理，在政策制定、规范化和标准化管理方面，执行不够到位。这些因素严重影响了江西旅游业的发展。

3. 旅游发展规模小

江西旅游业受资金影响，旅游服务基础设施配套建设相对薄弱，景区服务质量和管理水平不高，存在“小、脏、乱、差”的现象。景区交通不畅，无法提供便利，制约了江西旅游业竞争力的提升。人才储备和管理水平不足，导致服务质量无法得到保障，这进一步制约了江西旅游业的发展。

4. 旅游发展欠开放

江西旅游业内向发展，缺乏对外合作。旅行社等组织的能力较差，无法在国际市场竞争。许多大型旅游企业未涉足国际市场，在国内市场竞争也受限。中小型景区主要依赖省内及周边市场，忽视了二级市场和机会市场的潜力。江西旅游业整体开放程度不高，缺乏对外开放的意识和行动。

5. 旅游项目待研发

随着人口老龄化进程加快，银发市场日益庞大。江西在推广旅游产品方面研发力度小，内容单一，缺乏特色和市场竞争力。旅游线路未能展现江西丰富的文化底蕴、历史文化和非遗传统等元素，无法为老年游客创造独特的旅游体验。

二、高位谋划打造环鄱阳湖大旅游项目的建议

（一）建议一：可打造“环湖游”

通过建设环鄱阳湖旅游带，推动江西旅游业高质量发展。建设重点包括项目建设、最美风景线和环鄱阳湖联合品牌运营等方面，建设目标在于提升旅游产品服务水平，发挥旅游资源转化优势。

1. “海昏侯”可作“龙头游”

南昌汉代海昏侯国遗址是我国发现的面积最大、保存最好、格局最完整、内涵最丰富的典型汉代列侯国都城聚落遗址。遗址包括紫金城城址、历代海昏侯墓园、贵族和平民墓地等重要遗存，是具有代表性的历史文化景区。

在此，笔者特别建议仿照 1987 年安徽省把徽州地区改为黄山市，一举打造黄山成为世界旅游品牌的做法，建议江西省委、省政府审时度势，深度调研，高位谋划，本着做大、做强江西旅游最大品牌，抱定打造“中

国江西，世界海昏”的振兴江西旅游之决心，把南昌市新建区改名为海昏区，或把九江市永修县改名为海昏县。

同时，借改名的旅游文化效益和新闻宣传效益，可一举把省会南昌，乃至江西旅游，做成一个全球“网红”新概念。从此，把“江西海昏两千年”的文化品牌，带动和扩展为环鄱阳湖旅游带，进而做成世界新名片。

2. 按水系构建风景线

通过构建环鄱阳湖风景线，整合和优化江西中、北部旅游资源，实现一体化策划和运营。这些风景线包括长江线（瑞昌—彭泽）景观带、赣江线（新干—吴城）景观带、抚河线（抚州—南昌）景观带，围绕鄱阳湖和江河展现多水域的美景。当然，环鄱阳湖旅游开发，视需要和挖掘深度，还可以包括饶河线（景德镇—鄱阳）、信江线（玉山—余干）、锦江线（高安—万载）、修河线（修水—永修）。

按照鄱阳湖汇流水系划分各路风景线，有助于打破传统的地理区域划分，整合旅游资源，统一宣传和营销，能提高品牌吸引力和知名度，促进旅游产业链形成，推动经济发展，创造就业机会。构建环鄱阳湖风景线将对江西中部和北部地区的经济、社会、文化等方面产生积极影响，将极大地提升江西在全国旅游业中的地位和影响力。

3. 9 个 AAAAA 级景区联营

鄱阳湖位于江西北部，是我国最大的淡水湖。该地区周边拥有丰富的绿色和古色旅游资源，包括庐山、三清山、龙虎山、海昏侯墓、汪山土库、婺源、景德镇等国家级景区，目前已有 9 个 AAAAA 级风景名胜区。

环绕鄱阳湖的 200 平方千米范围内的区域，具有相似的自然环境、人文习俗和经济发展水平，是进行区域性旅游带建设运营的理想地区。

“环鄱阳湖大旅游”大项目完全可以成为江西旅游发展的新亮点，通过整合旅游基础设施、公共服务、旅游产品和供应商，打造绿色、文化、康养的旅游高端产品，开发不同主题的、体现地域特色的旅游线路。同时，还可以通过资源整合、品牌推广和市场营销，扩大鄱阳湖旅游带的影响范围，提升景区的知名度，推动江西旅游经济的蓬勃发展。

（二）建议二：旅游抱团塑品质

在基本形成的环鄱阳湖经济圈和区位交通优势的带动下，零散的、难以做大做强的江西环鄱阳湖各地旅游点，可在以下五个方面大有作为：

1. 立体多元造市场

江西旅游业长期以来主要以山岳型景区为主，现需要拓宽旅游路线和旅游带，提高江西旅游业的抱团发展能力。

2. 绿色康养更休闲

环鄱阳湖旅游带可以提供休闲度假的高品质体验，旅游消费者可以深入了解江西环鄱阳湖地区的历史文化背景和康养特色，享受轻松自在的旅游环境。

3. 产业融合扩就业

推动旅游业与交通业、餐饮业、服务业、农业、渔业等产业的深度融合和协作发展，为公共服务、特色小镇等带来发展机遇和市场活力。

4. 文化内涵重提质

注重文化传统和历史遗迹的保护，打造更加富有文化气息的旅游品牌，强化网络营销，策划旅游“网红”活动，注重“打卡点”建设，增强现场体验感，进而提升江西在全国旅游业的品牌影响力。

5. 旅游服务树口碑

优化江西旅游资源的同时，更要注重提升旅游服务水平，打造更全面、更完美的旅游线路服务，满足消费者对高品质旅游的需求，持续增强江西旅游业的吸引力。

（三）建议三：规划环湖旅游线

1. 长江线（瑞昌—彭泽）景观带

江西长江风景线（瑞昌—彭泽）全长约 120 千米，起点为瑞昌市，终点为彭泽县。该风景线集自然风光、历史人文和地方特色于一体，包括江山大景、峡谷风光、古村落和古迹遗址等景观类型。核心景区包括庐山风景名胜区和鄱阳湖自然保护区，连接九江市、德安县、庐山市、共青城市和都昌县的自然和人文资源。

风景线经过中华贤母园、桃花源景区、东林大佛景区、庐山白鹿洞书院、秀峰景区、胡耀邦陵园、都昌候鸟保护区等景点。庐山风景名胜区的沿江绿道与瑞昌市的铜岭铜矿遗址相连，东部与湖口县石钟山景区和彭泽国家森林公园相接。长江风景线展现了丰富的自然风光、历史文化和地方特色，成为休闲旅游、文化考察和生态探险的精品景区路线。

2. 赣江线（新干—吴城）景观带

新干至吴城距离约 214 千米，赣江是江西的水运大动脉。赣江风景线融合了江南水乡和南粤山水的特色，展现了江南园林式的景观和文化风韵。赣江风景线包含江西最具代表性的景区，如庐山、三清山、景德镇等，这些景区是江西旅游业的支柱。

庐山以壮观的山峰、秀丽的景色、丰富的文化历史而闻名；三清山以道教文化和流水风景著称；景德镇是中国陶瓷文化的重要城市。赣江风景线还串联了洪州窑遗址、樟树市的中国古海养生旅游度假区、筑卫城遗址和江西阁皂山国家森林公园等景点。赣江风景线展现了江西以赣江为源泉的丰富历史人文和自然景观特色。

3. 抚河线（抚州—南昌）景观带

抚河流经抚州、东乡、进贤、南昌县、南昌市等 15 个县市。依托鄱阳湖及延伸出的抚河沿岸，包括江西鄱阳湖南矶湿地国家级自然保护区、汪山土库、余干县的康山候鸟自然保护区；汇集了南昌市区的江西梅岭国家森林公园、滕王阁旅游区、南昌八一起义纪念馆、八大山人梅湖风景区、象湖风景区、西山万寿宫、小平小道、安义古村群景区等景观资源；依托抚河，串联进贤的“华夏笔都”文港镇、李渡烧酒作坊遗址、军山湖和抚州市的拟砚台、临川温泉风景区等。总的来说，抚河风景线（抚州—南昌）景观带是一条具有江南水乡风情的旅游风景线。

（四）建议四：打造“环鄱阳湖旅游”品牌

1. 改县名（将新建区或永修县改为海昏县）

将海昏侯墓园所在地新建区改名为“海昏县”，有助于提升江西历史文化旅游知名度，推动相关旅游品牌的发展，也有助于提升江西北部旅游产业水平，推动建立旅游品牌，吸引更多游客。新名称将激发旅游品牌效益，打造开放、创新的旅游生态圈，实现旅游资源共享和市场合作目标。

2. 畅交通（完善铁路、水路、公路环湖通畅）

建设环鄱阳湖旅游带的环线交通是重要措施之一。可从以下三个方面着手：完善铁路交通，提升便捷性；发展水上交通，改善航道通畅性和安全性；健全道路交通网络，加强周边道路建设。

优化铁路、水上和道路交通是环湖游的关键所在，需综合考虑游客需求和旅游产业发展需求，建设更便捷、高效、安全的旅游交通系统，促进旅游带的社会发展和经济发展，推动当地旅游产业繁荣。

3. 重整合（多圈层整合赣北、赣西、赣东旅游）

（1）以九江市、景德镇市、婺源县、上饶市等为主要旅游目的地，打造“赣北山水文化精粹旅游圈”面向国际市场。

（2）以南昌市为中心，建设“都市休闲度假疗养旅游圈”。

（3）以宜春、新余、萍乡为重点，共同打造“赣西休闲度假疗养旅游圈”。

（4）联合鹰潭市和抚州市，打造“赣东溯源养生问道旅游圈”。

上述旅游规划，可整合周边地区丰富的自然、人文和历史文化资源，以“环鄱阳湖旅游”品牌为核心，提升江西旅游影响力，吸引更多游客。“多圈层规划”也有助于发展江西区域交通，提升旅游服务水平和保护生态环境，推动江西旅游产业高质量发展。

4. 造市场（打造适应老年人的康养保健旅游市场）

鄱阳湖旅游带的建设规划重在塑造新特色、新品牌，为适应当前老龄社会的发展需求，环鄱阳湖旅游带可以从以下三个方面推进建设：

首先，建立老年人友好型旅游文化，为老年游客提供便利、安全和愉悦的旅游体验。

其次，开发适合老年人的健康养生旅游项目，推动康养旅游的发展。

再次，建立老年人智慧型旅游系统，提供智慧型旅游服务，包括 Wi-Fi、充电设施、行程规划和医疗服务，确保老年游客的健康安全。

推出一系列新型旅游措施，将有助于满足老年人的需求，推动环鄱阳湖旅游带的快速发展。

（五）建议五：三项行动关键步骤

1. 制定方案

从省级层面对环鄱阳湖旅游进行谋划设计，明确目标和方向，制定实施方案和具体步骤，引导地方政府主动参与环鄱阳湖旅游规划，并与旅游企业合作，加强招商引资工作，提高旅游服务和监管水平，推动旅游产业的发展。

2. 联合运营

统一运营小景区，进行统一规划、统一管理，建立联合运营模式，引入专业的旅游运营公司。

3. 营销整合

实现环鄱阳湖旅游大项目，重点完成三个方面营销整合。

（1）制定营销策略，包括市场细分、差异化竞争、定位推广和品牌升级。

（2）建立合作机制，促进各县市间的合作，共同开发旅游产品和服务。

（3）建设网络平台，利用互联网优势建设旅游专题网站、微信公众平台、在线预订平台等，提供全方位的服务和互动。

（六）建议六：全民参与共分享

环鄱阳湖旅游建设需要动员全社会力量共同投入，实现全体参与、全民共享的和谐局面。从当地居民、企业创业、高校研究机构等主体角度提出以下具体措施：

1. 社区参与

政府与社区居民合作，利用社区资源和文化特色，促进居民自愿参与旅游规划和运营，共同推动环鄱阳湖旅游建设。例如，鼓励居民利用新媒体进行旅游宣传，发掘地域文化，向游客推荐旅游线路，增加社区居民对旅游建设的了解和关注。

2. 旅游创业

政府可以出台相关优惠政策，鼓励和支持民宿、农家乐、文创等小微企业创业，推动旅游业的发展。例如，给予税收减免和贷款贴息等优惠政策，降低创业门槛；组织培训和经验交流活动，提升小微企业的经营能力；推动小微企业之间的合作，建立共享平台，提高生产效率和市场竞争力。

3. 校企联合

政府可以与高校和企业合作，共同探讨旅游建设的发展战略，提升旅游服务的质量和效率。高校可以利用生产实践课程开展培训，提高旅游从业人员的素质。

（注：本调研报告于2022年8月获江西省政府主要领导肯定性批示。）

本文作者：张　建　江西师范大学政法学院原党委书记、副研究员
曾　丽　江西师范大学地理与环境学院副教授
龙潜颖　江西师范大学历史文化与旅游学院讲师

青山湖校区资源利用与功能优化的思考与对策

作为一名大学老校区的管理者，从业十年来，我一直在思考这样的问题：老校区何去何从？这个问题有三层含义：一是在大学主体迁往新校区之后，如何合理地对高校老校区进行重新定位，并对资源进行优化利用；二是如何才能使老校区与周边区域融合起来，而不是割裂开来，让校园内外获得"双重"发展机会；三是如何才能发挥高校老校区的交通优势，赢得持续的办学发展空间。

一、大学老校区的现状

长期以来，各高校均比较重视发展新校区，由此导致老校区资源利用水平普遍降低，老校区存在资产闲置的现象。一般来说，老校区处在城市中心地带，与城市结合紧密，具有新校区所没有的功能、资源和文化优势。

老校区经过长期的发展积淀，已形成一定规模。校园格局完整，校园功能布局、道路系统、景观特色等已深入人心。一些重要建筑物和景观，已成为校园文化的标识或城市文化名片，具有深厚的人文精神内涵。

二、布局优化的思考

江西师范大学是江西省重点大学，具有重要影响力。近八十年来，老校区（青山湖校区）具有较好的区位发展优势条件、完善的硬件教育设施、良好的学习氛围与环境、深厚的文化底蕴。老校区资源优化需要进行要素组合，深化学校创新要素与城市环境的融合，进而提升老校区整体发展优势。校区资源优化尤其要注重要素整合，其中主要包括功能整合、交通整合与设施整合等。

同时，高校老校区的优化、更新需要多学科统筹思考，运用社会学、历史学、文旅学、美学等相关知识，将区位特征、现实背景、校园文化等因素进行有机整合。通过研究老校区一体式的整合性创新规划，实现发展多元功能、呈现专业学科、塑造人文精神的规划目标。

1. 尊重历史布局

近八十年以来，青山湖校区形成了“两轴、多片区、多节点”办学空间结构模式。

“两轴”指老校区南北主干道和西次干道，以及沿线绿化景观轴线。“多片区”指塔楼办公区、双理楼办学区、田楼办学区、艺术楼办学区、一教楼办学区、二教楼办学区、综合楼办学区、成教楼办学区、体育楼教学区和多个教工住宅区等。“多节点”指校区内多个景观节点，如红场、香樟林、水杉林、青蓝湖和显微湖等景观节点。

青山湖校区内丰富的自然和人文景观序列，将各办学功能区串联成一体，形成了独特的城市景观。

2. 优化功能布局

青山湖校区的功能布局及规划调整要求在保留原有历史建筑及现有水系的前提下，对老校区部分建筑实施拆建。根据南昌市用地现状和青山湖校区空间布局结构，可将老校区内部与校外城市空间有机结合。

整个青山湖校区主要有五大功能布局，按照“前瞻性、规范化”要求，可对青山湖校区布局进行合理调适与优化，即整理成大学办学、继续教育、基础教育、科创产业园和教工住宅区，以此进一步营造优美环境，挖掘师大文化，建设特色校园。

三、资源优化的思考

高校老校区资源优化利用对高校来说，只是校园建设的一个重要环节。对城市区域来说，高校老校区资源优化利用是老城区建设的一部分，应融入城市发展之中，不可能“单独存在”，应结合周边区域共同发展。因此，在高校老校区优化利用时，设计者需要寻求一种合理的内在秩序，体现老校区与城市发展的整体性和协调性，即由校园文化底蕴、空间场所组成的功能布局、交通体系，必须与周边城市区域空间和环境相适应。

老校区资源优化可以采取综合整治的方式，规划调整，改变原有功能。在公益优先、保障配建的前提下，实现改造区域的资源优化，实现老校区各优势要素的有序整合。

1. 功能整合

首先，应将老校区（青山湖校区）用地性质优先调整为教育科研用地、居住用地、公共管理与公共服务用地、商业用地等。按照用地性质，区分发展教育办学、行政办公、文化设施、科研体育、社区管理与服务等。

推动青山湖校区后勤等服务功能社会化，使公共服务设施教育化。引导企业与校区加强合作，引入城市现代管理配套功能，扩大校区对外开放范围，融入城市商业、休闲区域。

2. 交通整合

老校区（青山湖校区）交通体系起着联系校园内各功能分区以及校园与周边区域的重要枢纽作用。随着校园内人流量与车流量的增加，老校区原有道路已不能满足城市区域交通通行要求。由于校园的对外交流密切，人车分流困难，交通拥堵现象时有发生。

另外，校园内停车区域不足，缺乏规划，导致各类车辆无序停放。老校区应打通与周边区域的交通联系，综合考虑汽车通行与停车问题。

3. 服务整合

老校区（青山湖校区）资源利用，首先要加强对外开放程度，对老校区内基础设施配置和公共服务设施进行优化改造，引导企业进入校区服务。否则，老校区就会成为公共服务的“孤岛”。

随着住宅小区社会化，老校区要兼顾对城市辖区的配套社会管理，补充相应缺项，服从统一的城市管理。同时，老校区内图书馆、体育场馆、学生服务中心、餐厅、礼堂、会议厅、校医院等均可实现公共服务整合与共享。

4. 文化整合

老校区（青山湖校区）地处南昌市中心城区，应优先考虑与城市的融合，尤其是对文物建筑要重点保护，并维护特色景观。随着省会南昌历史文化名城的规划建设，按照城市有关法规，老校区必须有条件地进行开放和统一改造建设。

目前老校区历史建筑存量十分丰富，但内涵挖掘力度较弱，文化辨识性不足，展示力度不够。周边公共空间较零散，品质不理想。有的建筑历史，南昌市民甚至校内学生都不甚清楚。因此，老校区必须通过优化改造，对具有保护价值的文物及历史建筑优先进行文化改造，完善服务设施，以增强文化活力。

四、特色优化的思考

1. 教师教育

充分利用我校教师教育优势品牌，把青山湖校区打造成为“教师资格考试培训中心”。推动青山湖校区建成一流的“全省中小学教师培训中心”，承担各级各类教师培训任务。建立高质量的全国教师资格考试培训专家团队，开展到校集中面授或网络远程培训。

2. 基础教育

进一步做优做响基础教育品牌，把师大附中办学资源适时向附属小学和幼儿教育延伸。做优附中、附小和幼儿园，打造集“人才培养、名师成长、教改引领、成果孵化、名校辐射”于一体的全国一流基础教育品牌。

3. 继续教育

支持做大做强非学历教育培训，促进继续教育转型发展。出台相关政策，充分调动我校各学院和部门办学积极性，承担各级各类党政机关、企事业单位党员和干部教育，以及各类业务专题培训。

综上所述，老校区（青山湖校区）在广大师生和校友心目中的重要性不言而喻。因此，在重点建设新校区的同时，我们也不能忽略对老校区的保护与利用，甚至应该更加关注老校区的命运。这不仅延续了学校办学的历史文化，更体现了一种精神传承。

我们在对老校区（青山湖校区）进行保护与利用时，应特别注意对校园文化的尊重，特别是对不同时期的校训、校风、校歌、办学理念、办学特色的记忆和理解，这些内容融入了一所高校最为精华的东西，是一所大学最具特色的部分，也是一所大学的精神所在。

因此，优化老校区（青山湖校区）资源利用，就是加深对“师大文化”的理解与尊重，也将更有利于因地制宜地保护老校区、利用老校区，使师大历史文脉在保护与利用中得以传承和发展。

（文 / 张建，2019 年 7 月 25 日）

青山湖校区与南昌城市文化相融合的有关构想

南昌作为国家历史文化名城，有两千余年历史，但真正保留南昌城市记忆的历史建筑和文物遗迹尤为珍贵，而且越来越少。因此，保护这些历史建筑和文物遗迹，恰逢其时，大有可为。

近年来，南昌在打造“网红”旅游城市方面高招不断，成效斐然，有目共睹。作为省会城市，南昌还应“作示范、勇争先”，要深挖城市不可复制的文化内涵，打造南昌城市新名片，展现南昌新活力，助推经济社会大发展。

本构想分为五部分，完全是根据我履职江西师大青山湖校区管理办公室主任十年的心得体会，结合当前现实和前景，综合提出的探讨思路。

一、可打造中央南昌飞机制造厂博览园

建于1935年的中央南昌飞机制造厂建筑群旧址，包括指挥塔楼、飞机棚厂、飞机修理厂、飞机棚厂旧址、飞机跑道，应该是南昌市迄今发现的最大规模的民国建筑群旧址。

二、可打造南昌历史建筑露天博物馆

常有南昌市民说，江西师大青山湖校区很像一个“老建筑公园”，这里面很多历史建筑都会“说话”，都标记了建筑年份。校内建筑按主要特

征分 8 类，包括意大利风格建筑、仿唐建筑、欧式建筑、砖木建筑、俄罗斯风格建筑、捐助建筑、地下建筑和标志性建筑。

现在，整个校区安静有序，既是一个大学校园，又像一个巨大的历史建筑露天博物馆。

三、可打造“南昌城市防空历史体验馆”

20 世纪 60 年代末 70 年代初，国家号召各地搞好备战，发动各大单位自挖防空洞。1973 年，江西师院经过近一年的筹备，正式开工自挖，修建了建筑面积 1826 平方米的地下防空洞，至今保存完整。

防空洞冬暖夏凉，环境幽静，夏天无蚊虫，不受外界噪声干扰，十分适合看书学习。1981 年，江西师院考虑到当时自习场地十分紧张的情况，把地下防空洞开辟为阅览室，给很多人留下在地下阅览室读书又纳凉的美好回忆。

当前，可结合南昌城市文化内涵，为师大人防系统申请文物保护，为南昌再保留一份珍贵的“城市防空历史记忆”。同时，打造人防地下探幽和旅游体验点，接待参观，进行军事教育。接纳学校、企事业单位、社会团体有组织地来参观、学习和体验，把师大老校区打造成为教学体验一体化的城市防空历史体验馆。

四、可打造南昌 AAAA 级景区“网红校园”

江西师大青山湖校区自 2010 年 8 月开始，为传承师大办学文化、保护南昌城市历史记忆，对校内的历史建筑进行维修并申请文物保护，对校区特有的生态、人文、旅游资源进行挖掘、打造，被授予全省第一个“野生动植物保护示范校园”称号，率先建成了生态校园。

同时，青山湖校区有意识地打造旅游校园，参照广西师范大学王城校区的建设和管理模式，致力于在保护中改造，在改造中利用，在利用中提升文化内涵。

在条件成熟时，青山湖校区可申报南昌 AAAA 级旅游景区，为打造全国知名的“网红校园”创造条件，为丰富南昌历史名城的城市文化内涵尽一份力。

五、可开发沿铁路危旧片区为“师大文创园”

近年来，随着南昌城市建设发展，江西师大青山湖校区西边的交通环境将会有彻底改观。因此，有校外企业对开发我校青山湖校区西边临铁路沿线老旧房片区提出了一些较好的开发构想。

位于红石房以北的危旧房片区，可创设一个现代文化艺术创意主题园区，可取名为“老师大民园”。同时，根据项目定位，对园区进行投资改造，将这里打造成省内知名的文化创意产业园区。

（文 / 翦彰）

现代水杉之父大学　中国秀美生态校园

近二十年来，在神州大地流传着江西师大的美名，其中说得最多的，或者说最公认的，就是青山湖校区有历史底蕴，瑶湖校区校园很美，令人难以忘怀。

很幸运，我在这所大学工作了三十多年，从中年开始，就对这所全国知名的大学有所感悟。回眸我校前身国立中正大学的校史，直至现在学校拥有瑶湖、青山湖两个校区，到底该用一个什么样的称呼，才能概括这所大学的厚重内涵和校园之美呢？

如果你有兴趣，请跟随本文探索“现代水杉之父大学，中国秀美生态校园”，一起来领略这个称呼的含义吧。

一、生态创校

江西师大是江西省本科办学历史最长的大学，首任校长是胡先骕先生，是著名的植物学家、中国植物分类学的奠基人。他创办了庐山森林植物园、云南农林植物研究所等科研机构，培养了大批植物学人才。1948 年，胡先骕与郑万钧发表《水杉新科及生存之水杉新种》，胡先骕被称为“现代水杉之父”。现今江西师大校园中，到处可见水杉树，就是为了纪念这位校长。

我校办学的文脉来源于中国四大书院之一的白鹿洞书院。八十余年以来，学校秉持生态立校理念，辗转迁徙，筚路蓝缕，在现今两个校区中保留和建设一大批历史、人文、生态景观，生态文明教育资源十分丰富。

我校的生态教育功能特别显著，在城市中促进了人与自然的和谐。我校开展了形式多样的生态文明教育实践活动。十余年来，我校生态校园的教育功能不断显现，并取得了良好的社会反响，经常有来自全国各地的专家、学者前来参观学习。

我校领导十分重视生态校园建设，不仅是绿色理念的倡导者，更是生态环保的实践者。我校在全国、全省的生态文明建设中，充分发挥我校的优势，发挥应有的辐射功能和示范作用，努力打造“中国最美的生态校园”。

二、人文厚植

我校前身是1940年创建的国立中正大学，当时全部教师中有三分之一为老清华班底，许多教师为留洋博士和国内外著名学者。1949年我校更名为南昌大学。1953年全国院系大调整时，70%的教师被陆续调整到如今的武汉大学、中山大学、华中科大、华中师大、华南师大、湖南师大、中南财经政法大学等高校。1953年改名为江西师范学院，1983年江西师范学院更名为江西师范大学，2003年又扩建了瑶湖主校区。

三、校园秀美

瑶湖主校区景观呈“申”字形布局，即一“竖”为中轴线景观，小“口”指中环大道景观的“正大文化”布局，大“口”指环绕校区五千米长的“健康小道”和护校河的生态景观布局。

1. 正大坊威严耸立

护校河、正大门、正大坊、正大广场、国旗台、校址碑、桃李鼎、静湖、静湖桥和校庆钟等校园景观，传承我校办学思想和文脉，体现我校厚重的办学文化内涵。瑶湖校区没有围墙，四周是一条 7 千米长的护校河，取名为瑶河。瑶河从正大门延伸环抱整个校区，活水连通瑶湖河岸树木、水草，河中野禽自然繁衍生息。大门北面的正大坊，因我校前身国立中正大学而得名“正大”，“坊”源于安徽歙县的许国石坊，由四根大柱与八根横梁连接而成，体型朴拙厚重，高约 27 米，为南昌城东的地标性建筑。正大坊北面是正大广场，矗立在广场中央的八根方柱是我校雄伟的校址纪念碑。

在雄伟的图书馆楼顶，悬挂着一口巨钟。在每天的 8 点、12 点、14 点、18 点以及 22 点准时敲响，与青山湖校区指挥塔楼的钟声同时响起。瑶湖钟声是特殊的“师大文化”符号。

2. 中环大道赭红色建筑十大看点

十大看点即名达楼、天浪楼、超真楼、洁琼楼、惟义楼、图书馆、先骕楼、方荫楼、知行楼和白鹿会馆。这些建筑均采用赭红色墙面砖，与美国哈佛大学砂岩建筑相似。建筑磅礴大气，蕴含古朴的文化底蕴。

先骕楼、惟义楼、名达楼、方荫楼等主教学楼名称，也是取自校史上的知名校友，体现了薪火相传的“师大精神”，时刻提醒莘莘学子饮水思源。先骕楼是为了纪念江西师范大学首任校长胡先骕而得名，名达楼因姚名达而得名。惟义楼是我校主教学楼之一，因杨惟义而得名。杨惟义是昆虫学家，是中国科学院学部委员（院士）。方荫楼因蔡方荫而得名，蔡方荫是土木建筑结构专家。知行楼取名于王阳明的“知行合一”。白鹿会馆取名于“白鹿洞书院”，寓意承续江西古代厚重书院文化，既体现学校特色，又承接众多国际学术会议。

图书馆雄伟高大，是目前中国单体建筑面积最大的大学图书馆。经过多年的建设与积累，图书馆现有数十种国内外少见的元明清版本古籍，还有全套《四库全书》。图书馆拥有国立中正大学、国立南昌大学时期藏书近 3 万册，并藏有珍贵的国立中正大学关防（校印）。

3. 五千米长“健康小道”十大景点

“护校河”串联十个景点，犹如一条“生态项链”，包括鹅湖湾、水晶厅码头、吉州窑瓷片路、浮桥、紫藤长廊、音乐艺术广场、瑶湖体育馆、瑶湖体育场、小杏岭书院和大地之书。经过正大门、龙岭门、杏岭门、长胜门、海会门、望城门和青蓝门七个大门，沿“健康小道”每隔百米设有文化石、休闲椅、运动器材和太阳能路灯。

四、生态故事

十多年来，我校十分重视生态文明的宣传和教育工作。首先，我校把生态建设当作学校大事来抓，把生态文明当作校园文化来挖掘。其次，学校新闻网站、电视、报纸都十分关注校园生态文明建设，全方位地进行跟踪报道。再次，校级层面十分重视对外宣传，引导来宾参观校史展览和校园风光，倡导人人了解校史和校园景观，处处有人能讲解。

学生导游

2010 年以来，在瑶湖校区经常活跃着一支由文旅学院组建的学生导游队伍，给大学生们做导游，还编印了《校园导游手册》。在青山湖校区，校区管理办公室专门制作了介绍校园风光的 PPT 短片，编印了导游宣传单，培养了一批学生导游。我校附中、附小也相应组建了中小学生校园导游队伍，他们经常穿梭于青山湖校区各处给小朋友介绍校园景点。

根据学校新闻网站记录，我校近年来的生态文明建设和教育活动，可圈可点，不胜枚举。

树的文化

从 2011 年开始，生命学院师生组建课题组，对青山湖校区的动植物进行调查研究。经过近一年的调查、取样、分析、拍照、论证，经过多次统稿和整理，并对各类植物的名称、特性、功效、文化进行标注和提炼，课题组完成了《青山湖校区生态文化绿地图》，地图标示了青山湖校区现有动植物的具体位置，集中展示图片 54 张，植物特性和文化内涵说明 42 处，动物说明 10 处。

比如：水杉——“现代水杉之父”之树、植物王国活化石；木瓜——校园的情人树；法国梧桐——校园“最美之树”、世界行道树之王；三角槭——校园最珍稀树种；槲蕨——校园生态优良的标志；爬山虎——校园绿色大幕、南昌垂直绿化典范；接骨木——哈利·波特的魔杖、校园最有魔力之树；重阳木——校园挺拔的秋景；喜树——校园抗癌之树；枣树——校园维生素；梧桐树——校园招贤纳士之树；旱柳——春之使者；垂丝海棠——高洁之树。

现今发现大部分名树、珍稀树种是 1962 年生物系师生在青山湖校区栽种的。在老城区校园中，发现近 400 种植物，这是省会城市的一个“生态奇迹”。

生态标语

近十年来，为更好地营造生态校园建设氛围，提醒游人自觉爱护校园环境，我校在校园重点部位设置了一些文明标语牌。如“请勿采摘水草，爱护栈桥景观”“手边留情花似锦，脚下留情草如茵”“保护生态湖水，请勿乱抛垃圾”“珍爱野禽游鱼，禁止驱赶垂钓”“松鼠已成朋友，严禁捕捉驱赶”“保护萋萋芳草，严禁踏入玩耍”“珍惜青青竹林，莫要刻字留名”和“请勿采摘荷花，严禁湖边攀爬”。还有一些介绍野生动物的标示牌，如白天鹅、黑天鹅、鸳鸯、雪雁、绿头鸭、白鹅、鸿雁等标牌。

健康小道

2010 年 6 月，我校开建“健康小道”，让广大师生员工畅快呼吸新鲜空气，享受瑶湖校区生态之美，提高生活品质，提升生命质量。健康小道长 5 千米，起于正大门，沿瑶河（护校河），因势就形，内切瑶河水域，紧拥瑶湖校园，呈“环岛”状，独具一格，与瑶河相得益彰。小道的鹅湖湾一段，因水面阻隔，架设了浮桥，避免了对校园生态的破坏，同时节约了建设成本。太阳能路灯布满小道，安全节能无污染。一种新的低碳、生态、高雅的运动或者休闲方式将从此改变师大人的生活。

巨石文字

巍巍巨校应配以巍巍巨石。校大门有八块巨石，刻有“江西师范大学”校名，还有“静湖”巨石、“音乐艺术广场”巨石、“瑶湖体育馆”巨石、“白鹿会馆”巨石等。青山湖校区还有一些巨石，如“香樟林”巨石、“明德园”巨石、“校园景观石刻”巨石等。

动物征名

2011 年端午前夕，瑶湖校区鹿苑里的梅花鹿“庆庆”顺利产下一个鹿宝宝。“在师大诞生了一个鹿宝宝”也成了凤凰网、大江网、信息日报、江西晨报等各大新闻媒体关注的热点。当时正值央视著名主持人敬一丹到我校演讲，她建议给鹿宝宝起名。全校学生代表举行征名活动，最终给鹿宝宝取名“丹丹”。江西是革命摇篮、红色故乡，师大坐落在江西这片红土地和南昌英雄城，“丹丹”容易让人联想到象征着昂扬、奋进的“师大红”。

校友捐绿

商学院广大校友心系母校，爱院情深，向母校捐赠一百二十株樱花树，以表达对母校的深深思念和深切祝福。樱花是美丽的春天使者，成规模的樱花林在省内高校中并不多见。每年阳春时节，盛开的樱花将为瑶湖校园增添一道烂漫的风景。

市民参观

因我校长期重视校园生态保护，“最美大学校园”成了市民向往的“生态公园”。常有市民周末带孩子来瑶湖校区参观“鹿园”，也有市民将受伤的野禽送到我校野生动植物保护基地，为生态校园建设增添亮点。

综上所述，江西师范大学自 1940 年创校以来，经历了南昌大学时期、江西师院时期和江西师大时期。我校逐渐成了历史校园、生态校园、旅游校园、人文校园。后来建成的瑶湖校区，以“申”字形进行校园布局，中心位置是威严耸立的正大广场，配以赭红色十大建筑和七千米的护校河，是一所世界少有的美丽大学。

因此，笔者建议用“现代水杉之父大学，中国秀美生态校园”来概括江西师大，来赞美江西师大。

（文 / 翦彰）

【生活见闻】

生日随想

题记：每个人从出生算起，每年有一个生日，有的人记得，有的人却忘记了。有的人隆重地举办生日宴会，有的人简单地买一个蛋糕，也有的人什么表示也没有，生日就悄悄地过去了。不管是隆重或是简单地过生日，还是有意或无意地忘记过生日，有一点可能是真实的，那就是很少人会在生日当天，好好地总结一下人生，思考一下自己，探究一下过生日究竟有何意义……

我，到今天四十有五岁整。四十五年前的今天，我出生在赣西南罗霄山脉中段的一个偏远小村。

据父亲说，我出生的时辰，正逢老家上灯的黄昏。那天刚好是我老家晚上“通了电”，山里人家用上了电灯，就像过大年一样高兴，全村人都为我的降生而高兴。现在想来，这可能是我给这个世界的“见面礼”，我自然就算个“幸运儿”。在我后来的人生中，发生的一些关键的事情，似乎都有些印证。

我的籍贯原属于一个小县，后来与新成立的县级市合并了。我出生的那个村，几百年来村民都姓章，大的村庄名叫凹背，小山村名叫庙口。我没有什么乳名，只有一个小顽皮的名，叫“敖骨”，土话叫“凹古”。家人和乡亲们都这样叫我，我小时候有点“蛮气”，有点像一个“可爱”的胖墩。现在每次回家，老家的老人还是这样称呼我，有很浓厚的家乡味，我颇为高兴。

说实话，我本来忘记了自己的生日，还是前天我上高中的女儿提醒，问送什么生日礼物给我，这让我十分感动。这突然的“45 岁”概念又让我接受不了，怎么我就到了 45 岁？真有点老了，岁月无情，时光飞逝。

平日里，常惹我生气的她，总算想起了什么，特别邀请我去了一趟时尚购物广场。“逛街”花了几个时辰，我终于从一堆国外的品牌中，选出了一件 H&M 牛仔衬衣。回家后，获得女儿的好评，说是款式和面料还很“潮”。

可能有“人到中年”的预感，我最近老有早醒的习惯。夜深人静，思绪飘飞，有时还很想坐起来写点什么，内心深处有一股躁动。

人生四十而不惑，青春怅然又若失。如果说，45 岁前是青年，45—65 岁为中年，那今天的生日，也意味着我的“青年时代”已经结束。而今 45 岁的我，似乎还要做很多事情，都没来得及做。回想逝去的时光，好像没有很感人的“事迹”，相比同龄人的成功，我可能很逊色。

前些日子，晤见一位很久没见的老上级，在爽朗的笑语中，他十分肯定地说我长胖了。女儿也经常提醒我发福了，要求我参加体育锻炼，消除“啤酒肚”。体力和视力出现的转变，导致身心焦虑不安，我倍感人到中年的无奈。

今年，我身边有数位 50 岁上下的人，因患绝症和急病，突然仙去。每次赶往灵堂送别他人，生者对死者三鞠躬，我都会感慨人生的多变和难测。凡事想开来，遇事看长远，面临困惑，心态要放松，毕竟健康更重要。

说来凑巧，在生日前夕，我终于有机会使用上轻便的笔记本电脑。原来办公常用台式电脑，每当整理开会纪要、草拟文件、陪来宾外出的时候，都要赶回办公室工作，十分不便。时代发展，科技创新，如今是在高速网络上进行零距离办公。单位的笔杆子们，进进出出，少不了提个电脑包。会议桌前偶尔遇见几个人，他们也用起了笔记本电脑，让人羡慕不已。

现在公务繁杂，各级写手们写出几篇“好文章”实为不易，更多见的是“快文章”。要出好文章，除了人脑思考，更要提炼思想。这台笔记本电脑来得正是时候，也许会让我改改只动脑、少动手的习惯，让我从45岁生日那天开始，改变一下我的生活内涵，把我的文字工具、工作平台和生活乐趣结合起来，看看会弄出个什么样子。

人生论天数算，似乎还很长，如果从孩子的成长岁数来看自己，就感觉有“日月如梭”之感。

三年前，我调到新的工作岗位，开始只有两个人，我事必躬亲，十分忙碌。幸亏我原本是学文的，就是所谓的“万金油”专业，近年来“摸爬滚打”，让我锻炼了多方面的才干。我也玩起了“笔名”，在单位网页和其他媒体发表了一些文章。当某一天有位熟人知道那个笔名就是我时，他甚至有点不敢相信，直言那个笔名比我本人有名气，让我十分尴尬。

其实，我没怎么感觉自己在写什么文章，只是把工作的体会和生活的感受写出来，没有刻意修饰。我想到现在用笔记本电脑写作十分方便，又很懊悔没有早买。

每个人庆祝生日的方式可能都不一样。我听说藏族人不去记住自己的生日，他们说自己的生日就是母亲的受难日。既然如此，那明年我的生日，我将写一篇纪念我母亲的文章，让我在记忆中找回我早逝的母爱，在母爱的回忆中，找到与我生日有关的情节。

此篇文章，虽说是生日随想，确切点可能算作生活随笔，谈了我对自己生命出处的解读，谈了我人到中年的不安，谈了我对写作的体会。据说很多退休的人，或上了年纪的人，都愿意用文字记录一些旧事，来延续心灵的生命，也难怪现在书市上的人物传记特别多，让人眼花缭乱。

出于此，我愿意从45岁开始尝试写作，既可锻炼思维，又可陶冶心灵。我可能写不了大作，但希望能写点小事，写点实感，写些见闻，写写人生杂记，不知道自己到底能坚持多久。

（文 / 敖古）

人生八字经

书字本义手执笔，说字言旁再三横。
思字上部脑为先，勤字半边劳力勉。
钱字合来看人小，色字头上断刀悬。
笑字犬底快乐多，动字童音康永年。
说文解字人生义，守住底线万事全。

（文 / 子闻）

原始森林纳凉记

适逢酷暑，南昌盛热，在全国“火炉”之城排名前四，有时最高气温达到 40 摄氏度。

那当下，能去哪避暑呢？人之向往，心之静处，庐山太远，近郊可有去处乎？

据说，梅岭山下的江西农大有一方原始森林，离市区中心约一刻钟车程，在那里可一品绿树下的凉爽，一观丛林风影婆娑。

进入丛林，古木参天，各有形姿。有挺拔的，有攀扶的，有横卧的。

有阔叶的，如云天华盖；有针叶的，直插入天；有枯黄的，树干还留有几片绿叶；有弯曲的，爬满青藤；有怀抱大的，长着厚厚苔藓。

在这些大树下，有弯曲的卵石小道，可在交叉处，寻见两块巨大的黄蜡石，惬意闲坐。石凉，如啃爽瓜，这瓜似乎在这方天然森林里，冷藏了多日。

百鸟群中，偶有几声带劲的欢叫，让整个森林更显宁静、寂寞。

不时，有飞机轰鸣，掠空而过。外环的高速路，就在森林西边经过。随着南昌城区的快速扩展，这里诞生了一块城市稀缺的、珍贵的，犹如一叶“绿肺”的农大原始森林。

静心在这纳凉，还要看风动，无风不凉，有风不惊，这也是农大原始森林的奥秘与奇观。

风来时，大树摇曳，嗡嗡的风鸣声，如叶间吹沙，偶见树果吹落，如击中人顶，不免令人神奇。

树下清风徐来，凉意接地气，不闷，不热，似温，似绿下之凉意。

林间小道，行人穿梭，有的人为寻凉意而来，有的人为避暑而来。有农大学子，围石凳读书。还有驾车而来的休闲市民，在此裸足纳凉，来回步行于卵石道上，吸着森林的地气。

这片林子，据说是江西农大的镇校之“宝”，有 800 余个物种，植物生长，属于原始生态，实为南昌之经典的生态园林，令游人瞩目，心中留下不少惊叹！

既然森林罕见，就应发挥其对南昌文明城市的生态示范作用，让更多人了解、参观、休闲。

建议有关单位在南昌市地图上标示农大原始森林位置，并进一步打造原始森林文化，如添加“人猿泰山”故事景观，增设植物知识匾牌、学生导游、咖啡厅、休闲座椅、森林灯光等。

同时，有关单位还可申请将原始森林列入南昌城市旅游线路景观，提升知名度，为南昌城市绿色旅游增添一个项目。

（文 / 子闻）

父女趣事

女儿今年十五了，长高了不少，也爱起美来了。虽说小女孩日渐羞涩，但对父亲的爱，是一种源于血缘的亲情。都说女儿是父亲的“小棉袄”，我生日那天，女儿非让我先回卧房静候，等她在客厅忙乎了好一阵子，才呼唤我“进场”。

进入客厅，我发现灯光熄灭了，只有朦胧的烛光，营造出生日之夜的浪漫。女儿不停地拍起双手，有节奏地用英语领唱。面对这种洋式的生日祝福，我心里一时还很不习惯。

作者与女儿

突然，我发现在生日蛋糕上面，书写了四排奶油彩笔字：“爸爸，生日快乐！”蛋糕上面原本没有那些“祝福”的字，急中生智的女儿，自己动手，在蛋糕上做了一张简单“贺卡”，这真让我有些感动。在我生日的今天，我感觉女儿长大了，她把父女之情，凝结在生日祝福里。

时光匆匆，我回想起女儿出生那一天。为了让做父亲的看上一眼，她姨把她从产房抱出来，我看见女儿那双明亮的大眼睛正凝视着我，好像我俩曾经相识。

我是女儿降生后见着的第三位亲人，产房外那一眼的相认，让我真有“做了爸爸”的感觉。每次回忆起这一幕，我血管里流着的血，似乎都要热起来。在十多年的记忆中，这是女儿与父亲的第一次亲情互动。

女儿上了幼儿园，好学、好奇、好问，喜欢刨根问底。有一次她突然问我：“爸爸，你小时候在乡下上过幼儿园吗？”我说：“上过啊，爸爸上的幼儿园比你的大，而且更有趣。”

女儿好奇地问：“你乡下哪有幼儿园？”我说：“我的幼儿园叫‘田园’。”女儿又问：“你们幼儿园有老师吗？”我说：“大自然就是我们的老师。”女儿哈哈地笑了，并好奇地追问“大自然”是什么。我接着又回答……

就这样，我慢慢地给女儿讲起了我天真烂漫的童年、快乐的少年，以及那些发生在田间地头的趣事。懵懂的女儿，有时听得入迷，经常缠着我讲述乡下的“野趣”。

有几件趣事，女儿比较喜欢听，要我反复讲。如怎么在草堆里“钓”到青蛙，怎么在田里捉到泥鳅，怎么在河里“挡水、捞鱼”。

后来，我几次带女儿回到家乡，女儿对老家的黄牛漫步在马路上感到十分奇怪，对小黄狗四脚朝一边的睡姿感到好奇。

在乡下的日子里，女儿和村里的孩子嬉戏、追逐，经常跑得满头大汗，每天都需要换洗衣服。但女儿还是乐此不疲，十分兴奋。

至今，女儿还记得大伯家的那条小黄狗叫“阿黄”，姑姑家的小白狗叫“小白”。她还记得家乡哪片稻田有青蛙，哪棵梨树结过大梨，哪棵橘树的橘子是酸的，家乡的山山水水让女儿体会到书本之外的真实大自然。

经历过中考的女儿，好像经历了一场知识竞争和心理历练的洗礼。都说城里的中考甚至难过高考，原因是谁都想拼进一个重点中学，才有后面高考的前景。

在那些迎接中考的日日夜夜，看见女儿在书堆里复习，做父母的心急如焚。“可怜天下父母心”，我经常劝她注意休息，但女儿仍然坚持熬夜，没有更多言语，沉默似乎使我们父女产生了距离感。

在中考的那几天，我每天开车接送女儿考试，来来回回二十多趟，路上我从来没问过她考得如何。“不问”是对女儿考试最大的支持，做好服务是最大的鼓励。

“功夫不负有心人”，等中考成绩公布时，女儿的成绩出乎预料，最终考上省城最好的中学。

近年来，我工作繁忙应酬多，回来常在沙发上睡着了。醒来时发现有毛巾毯盖着我肚子，开始也没觉着要问，后来发现竟是女儿所为，我甚为感动，有一种生在幸福里的感觉。

于是乎，我学着表扬女儿的关心，肯定她的修养，鼓励她继续做力所能及的事情。女儿从此学会了给我剃胡须、拔白发，参与简单家务，如煮饭、切菜、浇花、叠被，甚至抢着提购置的物品上五楼的家。

家庭难免有不和谐的声音，每每有不愉快，也能看见女儿在客厅桌上留下的温馨字条，有的让我很感动，有的让我欣慰，让我感受到女儿成长的幸福。

（文 / 子闻）

给老父买房

近来，天气愈加寒冷，天气预报说江西近期有大幅度降温，过几天可能有雨雪天气。

这两天，在北京的弟弟和我电话联系，在东莞的妹妹也和我在网上互动，在老家的姐姐、哥哥们也一起发动起来了，就为了办好一件事情——为年迈的老父，在十天之内买到一套县城的居住房。

弟弟过几天就要回老家了，此趟专程给老父买房过年，是担心天冷了，老父在乡间遭受风寒。弟弟雪中送炭，给常年患脑血栓的老父送去温暖，还要给新房买取暖器，装空调。

姐姐、姐夫们日夜寻房、看房，积极响应，还有一个“响当当”（相当爽快）的外甥女“芬嘎子”，怀着喜事（怀孕），还拿着打印的求房广告，满街去张贴，让亲人们十分感动。

我的老父，今年八十，白发苍苍，佝偻干瘦。因我母亲英年早逝，剩下老父晚年一直鳏居，近年来身体欠佳，让全家各方牵挂。

老父现在常年居住在老家的庙口村，每日拄拐，围着老屋迟缓地转圈，走走停停，歇脚在那棵古樟下，遥望那条北去通往县城的古道。

这条古道是明清以来方圆几十里的要道，是我老父这一辈子走得最熟悉的路，是他的一群儿女从家乡走出去的路。

如今的老家村上，老屋瓦房还保存有五六栋，其余的全是新建的三层以上钢筋水泥平顶房，外贴瓷砖，俗称“小洋楼”，它们代表我老家的变化。

但据说村里平时没有几个人居住，大部分的年轻人前往广东打工，中年人带着孙辈都住在县城，导致县城中小学、幼儿园人满为患。

剩下守村的人几乎都是年迈老人，包括我父亲在内，也属于老屋的守护人。现在村子里冷冷清清，偶尔能听见几声犬吠和鸡鸣，乡间声音最大的是摩托车、汽车的轰鸣声，而老县城却是人声鼎沸，车水马龙，大街上人碰人，一不小心还能遇上同村的人。

我的老父是一名小学老师，60 岁退休以后，就租住在县城，晚年比较重视健身，每天早上都去县城运动场跑步，晚上则和他的退休伙伴们，在沿江路的树荫下散步。那时姐姐们来电话常说，父亲除了脾气不好，什么都好，尤其身体很好，每餐吃饭都要喝上一碗水酒。

老父有闲情，也很念旧感情，他有几次坐长途车去吉安看望他的同年老庚“屈崇”（小名），也参加过教育局组织的退休老师外出旅游活动。

1999 年国庆节，老父和大哥还去北京弟弟那里住了一阵子，很荣幸地观看了国庆 50 周年大阅兵，那些照片挂在老屋的镜框里，十分显眼，让人仰望。

后来，老父年纪更大了一些，就租住在原县农业农村局三楼的一小间房子，生活不方便，又提不起水上楼。弟弟闻知后，从北京赶回县城，通过一定关系，在养老院挤到一大间房，把老父安顿妥当。

加上有姐姐、哥哥们照应，老父衣食无忧，乡亲们都说我弟弟作为“慢崽”（最小的儿子），很是有“本义”（有孝心）。可惜好景不长，我老父可能受不惯养老院作息时间上的约束，还老抱怨伙食不好。

老父每天在院子里活动，看老人多了，心情又不好，于是自作主张，自行搬出来租住，让我们全家都拿他没有办法，只有随他的意愿。

最近这几年，老父身体因年迈多病，发生了一系列事情。前年冬天，弟弟从北京寄了一些钱回老家，交代兄长们整修我母亲的墓地，而我父亲非要自己挑选一个吉日。

结果，正当我哥哥们杀鸡祭墓（修墓风俗），开工整修我母亲荒芜的墓冢之时，我老父在县城沿江路边健身，几乎同一时辰发病倒地，手里还死死捏住一个未啃完的馒头。

幸亏那个卖馒头的摊主认识我姐姐，即刻联系上我姐姐，我姐姐把父亲紧急送往老县城河对岸的医院，才救回了一条命。那年冬天和春节期间，老父在县医院寒冷的病床上度过，慢慢调养他突发的脑血栓病。

一住院就是数个月，老父后来又断断续续地到吉安、南昌看病数次。每次医院检查和诊断后只有一个建议：脑血栓属于老年人常见病，需要长期调养。

老父因脑血管经常不畅通，半身不遂，头晕胸闷，呼吸困难，痛苦不堪，每次还抱怨我们没有找到最好的医生。不知道谁给老父出了“主意”，希望南昌的医生给他头上开刀疏通血管（没哪个医生敢），又说可装一个心脏起搏器，就不再胸闷。

人老常有病，病多忙子女。今年国庆回家我还带他去了两次坳头村，看望和感谢那个有名的郎中（中医），是他去年开的几帖中药，硬是把老父“全身脱皮的瘙痒症”治好了。可老父脱皮的病，到南昌的大医院来检查时，老专家都没办法治好，真让人有点“一方水土养一方人，一方郎中治一方病”的感慨。

今年国庆节，我回家拍了一组家乡老屋的照片，其中一张照片是我在厅堂二楼对着房瓦拍的，照片里透着点点太阳的光亮，屋漏得就像麻筛子一样，老屋多年未修缮，到处可见漏雨点。

我弟弟阅读我撰写的《家乡的老屋》，又看到这张屋漏照片，加上还有一张老父拄着拐杖、扶着大门的照片，这篇文章和这些照片对他的冲击很大，也许让这个“慢崽”决计要做点什么了。所以，我弟弟再过几天，又要千里迢迢回老家了。电话里弟弟说：“好的身体，需要好的环境调养，此次回家给老父买房，就是给父亲买一个温暖，买一个舒适。”

弟弟在征求老父意见时，老父一直在电话那头哭，只说一句话：“崽啊，买一楼的哦，我爬不上楼，房子不要漏雨啊！”弟弟含着泪回答说：“知道哦，单元房的一楼，不会漏雨的！”

弟弟还说，现在大家忙，此趟从北京回老家，自己不开车，也不带随从，准备坐火车直达老家火车站，自己“打的士”回到庙口村，抓紧时间，趁着老父健在，圆一个“慢崽”孝顺的心愿。

（文 / 敖古）

老舅来昌

长沙的老舅，来南昌好几日了，我却因为最近工作太忙，没空陪他聊天、参观、吃饭，心里颇有些过意不去。加上还来了老舅的女儿，一个我未曾谋面，而早已吃过她腌制的咸鱼的表妹，也不知人家会埋怨我什么。

昨天晚上，我也特意赶回家，想请老舅和表妹参加晚宴，可老舅还是怕我们花费，又躲避在别处吃便餐，并说明天在一起游玩就好，不用太客气。

是的，为了与老舅聚聚，我前天说过我带他老人家于周六在南昌周边转转，他总是很在乎别人说的每一句话，总是为别人考虑得更多。

今晨，我又是5点起来，写了三份工作材料。虽有点累，但还是想写写这个有文化、重礼仪、讲客套的老舅。

老舅的名字叫林阳旺，出生在湖南岳阳楼脚下，一表人才，满口湖南口音。据说在1949年前，算长沙城中一户土豪的公子哥儿，潇洒倜傥。1949年后，他因为追求个性自由，不太愿意服从工厂管理，自己主动提出退职，本来可以混个体面退养，现在却没有什么生活保障。

老舅名下有一男一女，儿子名叫“厚仔”，十分讲义气，我在长沙见过一次，十分憨厚、靠谱。女儿叫“妮子”，是典型的长沙女子，贤惠、能干。湘女多情，又会过日子，前面讲的她腌制的鱼很耐吃，储藏在我家冰箱里，一年多了还没坏。

说到这个老舅很有文化，首先是他的名字很有文化味道。姓氏“林”

字，含有“双木成林”之意，出生在岳阳楼下，取一字“阳”，最后一个“旺”字，是充足、兴旺之意。

这个老舅有文化，还表现在他喜欢读书，尤其喜欢阅读历史故事，他还喜欢谈论诗词文化，喜欢古旧风貌，参观老建筑。老舅同时还喜欢书法，能写一笔好字，与他通过几次信，他洋洋洒洒地给我全家每人回信一封，十分感人。五年前，他到过我办公室，我随手写了一段文字，都被他收藏并带回长沙去了。

这次老舅来南昌，一来看望亲人，二来调解一些家庭纷争。出于中间人的立场，他秉持正义、公道的原则，想使家庭和睦，但可能还是会惹来不同意见。

但这个老舅很仗义，真有几分做老舅的责任感，让人敬佩。

因此，今天就算有事，我也该偷闲陪陪这个老舅，“天上雷公，地上舅公”。

想到此，我不能怠慢，准备开车带他去八大山人景区参观一下，看看朱耷的书法，品味一下明王后裔的故事，也许会勾起老舅对朱耷的同情。

写到此，虽不能结束，但老舅还在宾馆等我过去，先打印出来，算是今天给老舅的见面礼。

（文 / 蒴彰）

父亲节记事

昨天，即将上小学的女儿做了一条纸质彩色领带，放在我的床头柜的台灯下。孩子妈说，这是小女送给我的父亲节礼物。

早上，收到两条特别的微信，点开便是祝贺父亲节快乐的动画，感谢这两位发微信的同事，出于对我的了解，送上一份真诚的问候。

今天是周日，是父亲节，南昌气温 24—27 摄氏度，一天雷暴雨。在这烦闷的、只能待在家里听雨的日子里，我记两件事。

我身为父亲教女儿

我要记的第一件事是教小女儿练习毛笔字。我请小女儿到书桌前，特别有耐心地讲解握毛笔要领，在书房摊开水写布，盛好一小杯清水（当墨水），手把手地教女儿，仿写毛笔字的基本笔画、笔顺。

我时不时还让女儿自己写几个她会写的字，虽然不是很规范，但字迹透着童真，字的结构充满想象力。对今天小女的好学之举，我增添了几分欣慰感。

小女出生在 11 月，因去年不够上小学的年龄，不得不送她去读一年学前班。学前班“细伢子”学校的老师很负责，让小女基本学会了汉语拼音、十位数加减，并鼓励她上台朗读，大胆发言。

学前班注重文体兴趣培养，如体育课训练拍球。小女还学了简单折纸，能表演几首钟琴曲子，也参加了几次班级出游。学了一年，小女个头长高了，智慧也增长了。

不久前，我遇到小女的幼儿园园长。她对我说："你女儿快上小学了吧，在一年级可算大个子啦，会成为学霸的。"简单一句鼓励，激发了我的歉疚感。其实，我很少教导小女什么，上学前班、兴趣班的事都由孩子妈去忙乎。我一直以为父母在家教育不了自己的孩子，孩子更愿意听从学校老师的话。

比如，今天小女儿之所以愿意跟我学写字，真不是我逼的，全因最近学前班老师多次表扬小女，说她铅笔字写得很漂亮，小女受到老师的鼓励后，对写字更有兴趣，更愿意练字了。

看来，父母在家出于爱孩子的教育，与学校老师对孩子的鼓励教育相比，效果是不一样的，后者大于前者。

怀念我的大爱父亲

在今天这个父亲节里，截至今天下午五点半，断断续续的雨还没有停。此时，在紧闭窗户的书房里，我特别怀念三年前仙逝的父亲，这就是我今天想要记述的第二件事。

我父亲虽然 86 岁高寿离世，但其人生犹如春夏秋冬的过程，也遭遇狂风暴雨的困苦。

三年前，我跪在父亲的灵堂前，想起他供我读书，忧我成长，劳苦一生，呕心沥血，我泪流满面，嚎啕大哭……在我记忆中，我 12 岁失去母爱，父亲含辛茹苦，既当爹又当娘，父亲从来没有过像我今天的快乐，他只有无限的愁苦相伴，愿天堂的父亲没有困苦，只有幸福。

今天，我端详父亲年轻时的一张照片，那时的父亲梳着分头，一身中山装，上衣口袋还插着一支钢笔，英姿书生，年轻帅气。父亲是一位乡村教师，因孩子多，负担重，同时要兼顾务农。母亲年轻时是赤脚医生，后来养育孩子多，也拖累成了农村妇女。这样的家庭，造就了父亲“放下粉笔，就要拿起锄头”的命运，去学校就当老师，回到家就当农民，就是我的父亲。

古人云：多子多福。我的父亲有八个子女，算是子女很多的人。但他一生似乎没有什么幸福感。父亲中年丧妻，既当爹又当娘，既教书又种田，没有穿过好衣裳，没睡过安稳觉，唯一爱好就是喝点小米酒，解解愁苦，但吃饭时，只能用菜汤拌饭（菜让孩子先吃光了）。

我父亲年少时读过私塾，1949年后又读过高中，在他同龄人中算有文化的，所以他很重视子女读书。父亲说过一句话：“再穷也不能断了子女读书。”

父亲生养子女多，对于供子女读书，父亲、爷爷和奶奶都是十分看重，一视同仁。父亲有“大爱”的高尚胸怀，只要子女能读书，他就克服困难供养。

父亲虽然自己命苦，穷家难当，面壁思愁，但他的子女在改革开放后，陆续读书毕业，出了4个高中生，2个大学生。这在当时的乡村是很了不起的事，让乡邻十分称赞。

我父亲对子女的爱是无私的，无尽的，他只求付出，不求回报。这些子女长大后，先后成家，陆续都离开了。父亲有份退休金，能管他的养老生活，他从不给子女添负担。

他虽然去过广东、北京、南昌探亲，但他还是故土难离。他安逸地守着小县城，满足于我姐姐们的悉心照料。

人生无常，在一个平静的夜晚，我父亲在睡梦中驾鹤仙去了，他临终的“大爱”就是不给子女留下任何麻烦。我们四代同堂的大家庭悲痛万分。

在整理父亲的遗物时，我发现了两个抽屉的信件。翻阅才知，这一封封家书都是他的子女在外读书、打工时写的，父亲在每封信上还写了简要备注：信的有关内容，何时回信，等等。

我姐姐说，在父亲生命最后一段时间里，父亲还经常念叨他在外的儿女，十分牵挂他们。父亲心里永远装着儿女，这也是父亲留给我们的另一份“大爱”的遗产。

今天是父亲节，我在这里念及恩情，怀念我的父亲。但愿天堂也有同样的父亲节，我祝福我的爸爸父亲节快乐、幸福、安康！

（文 / 子闻）

食养谱

人生苦短，保养命长。
病从口入，中年管住。
美食佳肴，疾病骚扰。
烟酒辣味，伤肺伤胃。
少吃肉食，多吃蔬菜。
五谷杂粮，延年养生。
享用清淡，老返少岁。
大吃大喝，代价五车。
三餐讲究，无病是福。
亲友宴请，倡导简朴。
相逢少饮，真情大义。
健康黄金，守岁不易。
健康活着，无忧无虑。
健康长寿，今生尊贵!

（文 / 子闻）

大树的生命

今年酷暑，南昌城区就像一个大蒸笼。一天，我到省城一家大医院（园林式单位）办事，发现其老院子里不乏参天大树，郁郁葱葱。但在一个整修得十分精致的休闲广场喷水池旁，有两棵巨大的樟树，此时枝枯叶稀，被套牢在地面大理石小方孔内，紧卡着脖子，可怜得快闷死了。

我见状，心急如焚，于是对正在附近扫地的人说："赶紧救救这两棵大树吧，死了真的很可惜。"但清洁工简单地回答我，他只管扫地，绿化不是他的事。

情急之下，我拨通了该大医院的投诉电话，过了很久，才有一个沉闷的声音接听。我说明了我的投诉与医疗无关，而是希望他们医院管绿化的人，尽快救救那两棵大树，在对方听明白后，我才轻松下来。

我此次的"投诉"，纯粹出于珍爱大树的生命，出于我曾有过救大树的经历。

五年前，正逢南昌城区持久旱热，我单位院子有几棵新栽的小树被晒死了，还有三棵大樟树落叶严重，部分树枝就要枯死。行人观之，议论纷纷，很多人出于惋惜，呼吁要想办法赶紧救树。

一棵脸盆的直径一般粗的樟树，树龄小则几十年，大则上百年。救树如救人，树是有生命的。大家奔走相告，紧急寻找能挽救大树生命的人。

"救救大树"的呼声传开后，有人很快请来了植物学家邓博士。邓博士立即赶来现场，就地指挥绿化人员开挖地砖，扒开卡树脖子的地砖，松动土层，再浇水湿土。

同时，邓博士对大树树冠进行“保守治疗”，为保住几枝主干，其他的树冠立即全部裁剪处理，以减少大树负担。保证大树剩下不多的养分供应主干，保大放小，与时间赛跑，抢救大树的生命。

经过一番苦战，几棵大樟树下都能见到一方新松动的土层，起着透气作用，犹如人需要呼吸一样。

这时，大家才明白，先前给这棵大树做的大理石小花坛，其实就是锁喉石套。大树遇干旱，浇水透不下去（上有地砖），树根土壤不透气，又没水分，大树只有等着枯死。

观察大树一个多月后，我发现那三棵大樟树均长出新嫩枝叶，说明这些大树真的得救了。

按照邓博士建议，绿化人员再用有网格透气孔的道板砖，拓宽大树花坛地面，做到既美观大方，又方便行走，保护了大树的生命。

抢救大树犹如抢救文物，大树和文物都属不可再生资源。城市的大树和城市文物一样，都是一个城市的不可多得的历史记忆。

大树是有生命的，它们滋润着城市人的肺。大树是无私的，它们提供了城市人眼睛里的美。因此，城市人应该还给大树一些关注、关心和呵护。

（文 / 子闻）

码头钓鱼记

南昌雨季兮，江水二十米。
端午放假兮，三天赶钓鱼。
码头钓点兮，一年没来临。
今兜转来兮，闸口瀑布鸣。
饥肠辘辘兮，弄来烧面饼。
横桥下竿兮，钓六条鳊鱼。
遇大暴雨兮，吓得躲车里。
拍大江照兮，码头红吊机。
江中大船兮，雨季货好运。
暴雨不停兮，我等困车里。
有人想走兮，钓鱼没耐心。
闲来作诗兮，雨后好鱼情。
如钓不到兮，只能怪自己。
心别太大兮，有口就幸运。
青黄不接兮，钓鱼好累心。
鱼在哪里兮，藏在老江底。
马上雨停兮，钓得好来劲。
今天爆护兮，夜灯伺候你。

（文 / 子闻）

女儿的远游

题记：可怜天下父母心，孩子好似父母身上的羽毛。在第一次放飞孩子的日子里，我每天写一篇日记，关注和记述着女儿在英国研学的日日夜夜、愉快苦楚、研学见闻、观光心得、异国情调，以及我的思绪。在示人阅后，有人建议我整理一下发表，可以与关心孩子成长，尤其是关注孩子学英语和研学的家长们分享。

惜别的启航

南昌夜幕已深，女儿正在飞往伦敦的航班上，我在熬夜，等待女儿平安降落英国，发来短信，送来安慰。

我不停在电脑上搜索女儿所乘飞机的航班、航线以及飞机经过的国家、城市。飞机里提供什么食品？往返机票多少钱？

今晚我按计划正在查看卫星地图，我的心跟随女儿所乘的飞机远游英国。

但此时此刻，我心中却隐隐作痛，心思很乱，近日来这种烦躁一直在折磨我。想起女儿第一次远游，就要去异国他乡，来回航班各 13 个小时，离开我们整整 20 天，我脑海里似乎就一片空白。

今天，女儿真的要从广州白云机场飞走了，她长大了，现在能够独自拖起行李，离我们而去了。

也许是天然的父女情深，在昨天女儿与我告别时，她第一次腼腆地伸出少女的双手，给我这个“不老”的爸爸一个深情的拥抱。随着送行的旅行车启动，女儿不停地热情挥手，又搅动起我情感深处的难舍，涌动的回忆像潮水般瞬间把我击垮。

昨天深夜，女儿从南昌飞往广州，发回一组短信，与我进行一次成长的对话。女儿说到白云机场已经很累了，还要拖着行李东奔西跑。我说累但有收获，风雨过后见彩虹。女儿还说她走了，要我不要加班，早点回家休息。

女儿刚下飞机，还没有来得及换衣服，行李就被机场提前托运走了，广州一夜只得和衣而睡。

女儿好学梦

女儿这趟英国研学远游，今年 4 月开始报名。最先是预报名，交过数万元后，沉寂了数月，我以为没什么人报名，估计该研学团不能成行。

没想到后来研学报名踊跃，这些学生来自省城数个重点中学，组成了 A、B 两个团，取名为英国夏令营研学团。

我女儿分在研学 B 团，这个团有 28 人，由 2 位老师和 1 名导游带队，7 月 3 日前往英国驻华大使馆办签证，8 月 4 日从南昌出发，在广州转机去英国。参加研学的大部分是女生，少数几个是男生，这让我们女生的家长们有些担心。

今天，南昌是 8 月 8 日（英国是 8 月 7 日），女儿离开 2 天了，我躁动不安的心也渐渐归于平静。

女儿出发那天深夜，我熬到北京时间凌晨 2 点 30 分，才收到女儿第一条短信，说她们这个团刚飞到机场。短信里女儿还说她严重晕机，连连呕吐，“十分难受”。可怜的孩子，出于对英伦文化的向往，对英语学习的兴趣，以及对成长的渴望，忍受着“呕吐”之痛苦，来到英国。

第二天早上，女儿发来早餐照片，说吃的食物都是些煎炸类、面包类的所谓“西餐”，水果难以下咽，可能是放了盐。因时差煎熬和晕机呕吐，女儿消瘦了几分，但照片看起来还很有精神。

女儿发短信告诉我说，站在早餐大厅里看看周围，全是老外，叽里呱啦。

我感觉这可能就是女儿所期待的，也是预料中的，落地英国的第一感觉了。

幸运与吉祥

女儿是幸运的，从出生到16岁，女儿都是最受宠的人。

这不仅因为女儿是独生子女，我还指她的运气，在人生最关键的时候，吉祥和好运总是会出现。

比如，她小时候学习英语，有一阵子怎么也提高不了，后来女儿遇到了三位姓“付”的女老师，让她英语成绩一直拔尖。

再比如，去年中考，我很担心她考不上重点学校，结果她考得比预想好得多，在同班同学中进入前十，让我们做父母的倍感自豪。

女儿的好运，还体现在这次英国之行。发回来的短信说，女儿刚下飞机，上希思罗机场厕所时，竟然意外捡到50英镑。

我女儿举起英镑，询问谁丢了钱，竟然没有人认领。旁边一位英国老太走过来，礼貌地告诉我女儿，按英国习惯，没有人认领的，可以自己留下。

此事似乎是女儿的吉祥之兆，让做父亲的心情自然十分高兴，饶有兴趣地回味了好几天。

今天是中国的8月8日，女儿来到了苏格兰高地，并通过微博发送了一组照片。从女儿的穿衣情况看，估计那里的气候相当于南昌11月的气候。

女儿这次出国很节省，落地英国3天了，只花销10英镑，让我们很担忧她的营养问题，我们不停地劝女儿吃好点，买件衣服御寒。

禁购威士忌

今天是女儿到英国的第四天，发短信说去了圣安德鲁斯大学，参观苏格兰最大教堂，观赏美丽的海岸线，下午到了爱丁堡，夜宿汉密尔顿。

晚上 11 点，我接到女儿打来的电话，说买不到约定的苏格兰礼物，满足不了我对鸡尾酒的收藏兴趣。

我的女儿，一到苏格兰，就想起要给我买“礼物”。英国店主说，苏格兰“威士忌”属于烈性酒，不让未成年人购买。苏格兰风笛太大，不好携带，也暂时没买。

我反复交代女儿，现在注意吃好，保证身体健康，保证后续研学安排，并要注意开销，节省一点，后面还有 2 周时间，暂时不考虑购物，等回国前，视情况购买礼品。女儿很乖巧，一一领会，我很放心。

8 月 10 日，女儿来到英格兰和苏格兰边境交界处的小镇，那是知名的“国际逃婚”故事的小镇，聆听了动人的故事后，前往湖区和温德米尔镇，并夜宿曼彻斯特，游览唐人街。

南昌晚上 12 点，我接到女儿短信说，给我买了礼物，但具体是什么礼物暂时保密。我还是要求女儿节省点，不要落个“借钱”回国的结局，女儿回复我说，她有分寸，叫我放心。

希望在少年

坐在电脑桌前，我静静浏览女儿发回的一组照片，看到女儿游览的留影，尤其是她青春的朝气和她明亮的眼睛，勾起我对自己年少时光的回忆。

我 16 岁时，正读初三，一个乡村的少年，连隔壁的县城都没有去过。我孩提时早上放牛，隔着 10 千米，可以遥望黄洋界。可第一次到黄洋界参观，还是我大学毕业后三年的事情。我带着浑身土气和很多遗憾，从村小考取乡里中学，再考取县城中学，直至我努力考上省城大学。19岁那年，我第一次乘坐长途汽车，经过很多县城，来到省城读大学，第一次大开眼界，领略到“大城市”风采。

我的昨天相比女儿的今天，却是天壤之别。为了学好英语，她还可以远赴英国研学。希望在少年，此行将会改变女儿的人生。

此次虽花费数万元，但这次研学之旅给女儿的教育回报远远不止数万元，也许十倍，或许百倍。

但这次研学之旅更重要的意义在于让女儿第一次独立出游了，自己筹划生计，面对挑战，学会生活，学会待人接物，学会比较中西礼仪，等等。

尊贵的中餐

8月11日早上，中国天气预报说，今天是全国大部分地区高温40度的最后一天。可远在英国的女儿似乎还过着深秋天气，穿着秋衣秋裤，真让人有一番“地球有四季，各国不同天”的感慨。

在这样的天气里，女儿于今天回到伦敦，结束了研学的第一阶段安排。接着，就是入住寄宿家庭，进入研学第二周的英语学习。

女儿在电话里说，今天前往“比斯特”村购物，和一起去英国研学的好朋友琪琪等3个人，合伙吃了一顿中餐，点了3个小菜，花费了40多英镑，在英国能吃上一顿中餐，算是奢侈的生活了。

此时，我感觉女儿在英国研学的第一难关就是饮食，后续还有两周学习时间，入住在寄宿家庭的伙食如何？真让我十分担忧！

又熬过了一天，现在是南昌下半夜2点30分，我在梦中惊醒，女儿通过手机发来视频，请求对话。

我睡眼惺忪，但身子很快就肃立起来，然后就听见熟悉而似乎久违的女儿说话声，“请把镜头对着爸爸，让我看见爸爸”。

这是女儿去了英国后，我第一次和远在欧洲的女儿视频通话，我自然很激动，女儿也似乎明白，对话时也很照顾我情绪，我甚是感动。

宿中东家庭

女儿在视频中，让我看看她的居所环境，接着又介绍“寄宿家庭”的基本情况。入住“寄宿家庭”是研学团的行前安排，女儿入住的是一户中东家庭，男女主人长得有点像黑人，有三个儿子。视频时，其中一个儿子进门来了，他的父母还没有回来，还有两个弟弟也没有回来。

现在伦敦时间是晚上 7 点。女儿和同去研学的另外两个女同学，今晚一起住在这里，此时正在整理东西。

女儿用视频介绍了她们一起入住的房间布置情况，房间四周全是刷白的墙面，门窗、楼梯、格调素雅，透着洋气。

女儿用视频对着窗外照了照说，对面的房子和“寄宿家庭”房子一模一样，我一看就知道是联排别墅，楼面小，但空间高，层数多，英国人就追求这种奢华的“楼上楼下，电灯电话”感觉。

我突然意识到，这与我们南昌的复式楼房子的结构很相似，似乎要达到此种奢华也很容易，关键是要多隔出一个楼层来。

正当我和女儿对话时，突然听见“寄宿家庭”男主人回家并上楼的声音，女儿突然盖住了视频镜头，只能让我听见他们对话的声音。我们静静地听女儿和老外用英语对话，女儿英语很流利，似乎没有语言障碍。

女儿很懂事，一是没有让男主人发现我在了解他家，二是可能故意说话大声，让我对她的语言能力放心，三是可见女儿精神状态和心情很好，让我更放心。

现在是伦敦的晚餐时间，家庭主人们一一回来，就立即上楼和新来的中国小姑娘打招呼，然后下楼去用晚餐。

据女儿说，今天回到伦敦，她们还参观了牛津大学图书馆、牛津大学校园，游览了温莎古堡，愉快地完成短期的旅行，明天要测试分班，再去熟悉剑桥大学的区域环境了。

剑桥的学习

8 月 12 日，今天是女儿分班学习的第一天，首先进行英语测试，然后参观和熟悉剑桥地区，观摩一些校园活动，为第二周的自主学习热身。

现在是北京时间深夜 12 点 30 分，我没法与正在学校学习的女儿视频。我只有静候到凌晨 2 点 30 分以后，看看女儿是否有时间对话。

今天能得知的信息是女儿和先前入住的两个 A 团的研学女生一起住，因为人多拥挤，女儿睡在地板上，枕头都成了同学们的“足球”。在异国他乡的中国孩子们，为了一个共同的出国梦，几多期待，几多担忧，几多磨炼，也有几多快乐。

“少年强，则中国强”“少壮不努力，老大徒伤悲”，这次女儿研学英国，看似去研学，其实是去英国名校短期集训，主要是去提升英语学习成绩，拓宽眼界。

在女儿的人生中，在世界观形成最关键的时期，父母给予一次较大的教育投入，让女儿找到自主学习的动力，应该说比什么都强。

女儿见成长

“女儿见成长，全家关心忙”，女儿的出国研学牵动了全家的心。7 月初，女儿飞往北京去英国驻华大使馆办签证，她在北京的亲叔叔闻之异常高兴。

因为安排时间紧，叔侄差点都不能见上面，结果是叔叔开着车，一路追着侄女的旅行大巴，直到首都机场才相见。

见到长大了且亭亭玉立、文静腼腆的侄女，这个叔叔很是自豪，按照老家的祝贺习惯，当场给了一个大红包，然后开车带着我女儿和他儿子，一起驾车游览了北京大学、清华大学校园，还外观了奥运村的鸟巢、水立方。

国际班同学

现在是中国的8月13日深夜11点30分，真不知道女儿在干什么。在上课还是在参加体育活动？按照课程安排，今天是上英语课和参加校园体育活动。

从女儿发回的照片看，住宿地点离上课地点不是很远，可以坐公交车，也可以步行。上课的教室布置简洁、大方、干净，有投影，有贴纸，有彩色塑料凳，还有一些比较家庭化的教具。

女儿居住的房间，只有2张床，却住了3个中国女孩子。女儿是一贯的“谦谦淑女”，让那两个女孩睡了床，自己却睡在地板上。睡完第一夜说有些冷。第二夜房东给女儿加了被子，我们给带队导游去了电话，强烈要求更换寄宿家庭，让女儿睡在床上，免得夜晚同室起身，踩着女儿了，否则，待研学团回来，要重新计算住宿费。

我又熬过了一天，今天是女儿在剑桥真正上课的第一天，她和其他两名中国女学生分在同一班，其他都是各国的中学生。女儿凭借她平时较强的沟通能力，一下就和旁座金发碧眼的俄罗斯女孩混熟了，后面又认识了一个哈萨克斯坦女孩。

看此样子，接收来自各国暑期短训学生，成了英国一大教育特色产业，拉动了英国的航空、旅游、宾馆、购物等产业联动。

短训学校里到处是中国和其他中亚国家的孩子们的身影。女儿发回一张6个同学的合影照片，照片中有3个是俄罗斯的大姑娘，1个是哈萨克斯坦的胖姑娘，还有自己和1个研学团的女同学。

我女儿的个子算最小，但她的智慧可能不算少的。凭着父亲对女儿的了解，我感觉女儿已经基本适应那里的生活，能主动地结识外国同学，帮助同学，拉着同学一起合影。可见女儿已经熟悉了英国的语言环境，熟悉了那里的国际学校，能熟练地乘坐那里的公共汽车，与“寄宿家长”交流，主动和国内的父母联络。

从前，女儿没有出过国门，还是一个稚嫩的孩子。现在女儿能在英国独立生活，这似乎让我看到了女儿成熟的一面。

康河遇明星

8 月 14 日深夜 12 点 15 分，女儿还没有发来消息。半个小时前，我接到一个同去英国研学的同学的妈妈的电话，说整个下午，她也没有和她女儿打通电话。

我回家一问才知，今天剑桥上课之余，安排孩子们去康河泛舟。可能是泛舟涉水，不便带手机，所以带队老师和学生的电话都通不了，家长也联系不上了。

意外和家长失去联系，也有意外收获。在康河泛舟时，女儿恰巧遇见中国大明星李亚鹏带女儿也在此游览，康河里顿时沸腾起来。女儿跳起身，还追到船尾，一直追看不止，满足了一次“追星”的好奇。

上面提到的这位同去研学的同学的妈妈，很值得一提，她是个很负责任的家长。上次参加出国行前会，她和我不约而同地提出，要和研学团队签署一份正式合约。

后来我们几个家长，一起赶到红谷滩的该公司大厦 15 楼，签署出国协议书，这反映了部分家长的责任意识和法律意识。

但很多家长比较茫然，也不知为何很不好意思开口提出此问题，更不好意思与导游、带队老师抹开面子。

昨天下午 5 点，女儿和好友琪琪两个人，赶往琪琪入住的“寄宿家庭”，准备收拾好东西，再到我女儿这边的“中东家庭”居住。

女儿似乎很大胆，带着琪琪，不知道是走路还是坐公交车，来到琪琪“寄宿家庭”门口等女主人回来。可惜等了许久未见主人影子，于是她就给家里打起了电话，说说笑笑，很是自然。

英国的超市

当天晚饭后，女儿约同学一起到附近走走，散散步。知悉女儿和她同学都十分恬淡自如，似乎很能适应在英国的生活，我们这些在国内干着急的家长，感到莫大的安慰和放心。

8 月 15 日，女儿这两天电话和短信明显变少，可能是她忙于学习，忙于适应吧。

外出机会多了，女儿接触英国社会的感受也多了。女儿说，在英国各处有很多中国人，英国的孩子们经常既肯定又好奇地问："你们是中国人吧？"

英国把教育产业化了，顺便带旺了旅游产业。女儿说，旅游景点的服务人员也会主动和中国人打招呼，说点简单的中文。

有些学校的超市似乎都是为中国人而开的，里面大部分是中国和中亚国家的孩子们。

女儿说，那里的衣服十分便宜，3—4 磅都可买件上乘质量的衣服，8—9 磅就可以买件上等羊绒衫了。比照国内来说，很多贵重物品，据说在英国还会便宜一些，不知是否真实。

爸爸太相思

女儿在剑桥大学认真学习英语，她自有章法，一般不向我汇报。因为学习是她自己的事，对我说吧，又怕我不明白，她似乎提前把我当爸爸的监管责任给"淘汰"了。我在她眼里，估计接近"英语盲"了。"英语强，善沟通"是女儿平时的两大优势，现在女儿在英国研学，正好发挥了她的特长。

父女情深，我每天深夜坚持为女儿写一篇日记，取名为《女儿的远游》。我把所知、所想、所感写下来，等女儿回来看看。女儿打电话问道："你不知道我在干什么，你怎么写？"我说："你在爸爸心里，爸爸心里有你就会写。"

如果今后女儿真去国外留学，远在万里之外，我的"孤独生活"会是个什么情景？

8 月 16 日，南昌久热成灾，最近两天因台风"尤特"影响，突然转为阴凉，大街上活动的人似乎多起来了，伦敦那边的女儿在干什么呢？

深夜 3 点钟，我第一次拨通女儿的电话，女儿好像感觉很突然，可能是没有想到我会给她打电话，回答问题也就是一问一答，全然没有前几日的轻松口气。

我询问女儿的英语学习情况，女儿热情地介绍起来。她所在的国际班，学生有进有出，来来往往，陆陆续续，走了哈萨克斯坦女生，又来了西班牙的高个子男生。虽是国际班，但人数不多，就十来个人。每天老师设计话题，学生进行英语口语对话，训练英式口语习惯，提升语音素质。

今天下午，老师还把国际学生们带到剑桥的市中心，让孩子们自由活动，一是熟悉社会环境，二是让国际学生切身体会英国城市的氛围。

在广州热身

此次单独出国远游，对女儿来说是一次锻炼。前些年，女儿随她妈去过上海、杭州、苏州、武汉，还去过两次香港，上个月还去过一次广州，参观过中山大学，没想到此次研学，也是经广州白云国际机场出境，飞往英国。

女儿现在自己能独立思考，知道自己想看什么，需要了解什么。比如去广州，首先看的是中山纪念堂和南越文王墓，对一个中学生来说，能主动地了解历史文化知识，已经是难能可贵了，这可能与她的兴趣有关。

再比如上学期末有一道历史考题（8 分）：请分析清朝康乾盛世的成因。此题全校同年级学生平均得分为 0.8 分。女儿因分析透彻，理由充分，应答全面，结果得了满分，可见女儿具有很强的综合运用能力。

大英博物馆

根据研学安排，今天（8 月 18 日）女儿参加伦敦文化体验之旅，参观大英博物馆、英国国家美术馆、大英图书馆。

似乎是专门为中国学生量身定做的《大英博物馆》是一本简体中文版手册，女儿花了 6 英镑买了一本。女儿对博物馆里面的稀世之物还特意拍照，什么恐龙标本、人体木乃伊、悬棺遗骸，这些对于女孩来说应该够恐怖的。但我女儿不怕，出于好奇，出于了解，认为这些都是稀世之宝。

女儿还说，伦敦塔桥让人失望，怎么如此矮小，远不如我们南昌的八一大桥气派。

女儿这两天似乎更想家了，她和她同学琪琪在谈论回国的准备了。

每天深夜 2 点 30 分以后，我照样接收女儿发来的照片。每次在睡梦中被唤醒，我总是眯着眼睛，看到女儿在异国他乡的身影。浮想联翩之余，我又好奇：女儿在那里真的快乐否，思念亲人否？

16 年来，女儿渐渐地长大了，如今又在剑桥接受英语训练，在英国独立生活，磨炼自己。

此时此刻，我感觉女儿长大了许多。

习惯在英国

今天是 8 月 19 日（周一），南昌刮起了大风，天气有点转入秋季了，好像是风带来了女儿的问候。女儿发来短信，还关心我晚上加班几点回家。

女儿今天去打了保龄球和外出购物，坐了一趟观光车，说车票有点昂贵，花了 9 英镑。女儿说现在生活和学习环境都还适应，就是吃不习惯，很想吃中餐。

没想到在南昌喜欢吃西餐的女儿，在英国又不喜欢西餐了，念念不忘地说“吃不习惯”，想回家吃中国的炒菜啊！

最近两天，我忙于参加单位的年度工作研讨会，没有时间和精力顾及撰写日记。

今天（8 月 21 日）黄昏，南昌风力继续加大，呼呼啦啦，树影摇曳，夜月在天空中疾走，据说明后天有暴雨，可以结束一个多月的高温酷暑。

女儿上午继续在剑桥上英语课，下午参观菲茨威廉博物馆。

胆大的外出

当我回到家，得知女儿打来了电话。她说她已经熟悉了去剑桥的车站和乘坐公交车的班次，她还能与上课老师交流，参加体育活动，上街购物。每次放学回“寄宿家庭”，她还是十分想念家人，想念南昌，盼望过几日就能安然飞回，希望回家之旅早日启程。

在英国研学 20 天，女儿十分节俭，各处参观，略有购物，但还剩余 400 多英镑。看来是遗传了她妈的基因，女儿有钱舍不得花，开始学会积攒。“女孩学理财，当家就聚财”，我嘴上说“这小东西，还真省”，其实，为父心中，何尝不是更欣喜。

昨天整个“寄宿家庭”房屋上下三层都十分拥挤。女主人第一次做了一顿米饭类的晚餐，女儿吃了甚是高兴。

女儿每天去剑桥，觉得校园十分干净，尤其是厕所很卫生，垃圾桶是自动翻盖的。英国人没有午休的习惯，因为上班时间短，哪里有时间睡觉。

8 月 22 日，南昌大风，连夜暴雨不歇。今天回来较晚，我主动和女儿通话一次。女儿说，她一个人刚从剑桥逛街回来，声音听上去有点疲惫。

女儿说的“自己单独逛街”把我吓一跳，没想到女儿竟然如此“胆大”。人生地不熟，她一个人坐车去逛剑桥的“大街”，听说还坐错了回家的车次，走得很远了。幸亏我的女儿机灵，又奇妙地坐车回来。我担心孩子的安全，心里抱怨她的好友琪琪为何不陪她上街，还有代管老师怎么就让她一个人外出。

“不以食为天”

我们习惯了“民以食为天”，女儿说，英国家庭好像不重视吃饭。每天很晚吃饭，中午都要等到一点多，上午下课后，她经常饿得慌。晚上要到八九点才有饭吃，在英国的每一天，她总有一种饥饿的感觉，英国人根本没有中国人的温暖感。

南昌深夜 2 点，女儿在英国和我们视频通话，女儿明显消瘦了些，但更显漂亮，显得很快乐。虽然“寄宿家庭”很拥挤，家具堆放得有些凌乱，还有一个人要睡地板，三个中国孩子很想分一间对面的空房。据说，女主人不同意，因为马上要迎接下一批国际“研学生”入住。

想到女儿在中东家庭的客居生活，有种失落感涌上我心头。心里似乎一时有很多不满，我难以入眠。

学成也算毕业

南昌今天（8 月 23 日）是阴天，略显“秋季”凉爽。翻开女儿在剑桥游学的安排，上午是最后的英语课程，下午是毕业典礼和师生告别仪式。

女儿获取一份在剑桥短期学习的毕业证书，也和中东“寄宿家庭”照了“全家福”，剑桥校园的景观、文化石，处处都让女儿有些留恋，她用手机拍了很多留影。

从女儿的短信来看，她今天又是一个人逛街，说买什么晕机药。因为飞往英国的时候，女儿晕机，呕吐得不行，受尽折磨，在父母的提醒下，今天女儿开始做回国的准备，可是她为何老是单独活动啊？

短信说好友琪琪和带队老师去超市买食品了，这个略胖的琪琪，怎么老是要买食品呢？为何总是不顾及和好友同行，在最后两天，我心里十分纠结，希望女儿在英国一切平安。

回家的归程

今天是8月24日，女儿上午乘车前往伦敦，下午前往希思罗机场办理退税和登机手续，再返回祖国。女儿将在下午5点30分，回到温暖的家，研学之旅结束了。

南昌8月25日的凌晨2点30分，此时女儿还没来短信，可能是还未登机，或是客机晚点，或是要等候哪位大驾？我一边是困顿想睡觉，一边是煎熬等候女儿回程的佳音。

一夜未眠，辗转反侧，熬到了南昌的8月25日上午9点30分，我暗恨女儿“无情”，再怎么忙，“我登机了”四个字就是没发回来。

现在女儿在我心中，是一只飘飞的风筝，在天涯何处？按照航线的路径和飞行时间推算，飞机现在应该进入了中亚地区的领空。

女儿在回家的路上，离家似乎越来越近，让我的心略感好了些。我准备去买些女儿最喜欢吃的菜，去广场南路的大润发超市，买些女儿喜欢的基围虾，再转到江大南路买一只女儿喜欢吃的“紫燕百味鸡”，还买些她喜欢吃的一些水蜜桃、榴莲、炒菜配料、新鲜蔬菜等。

今天家里准备了充足食材，准备好好热闹一番。昨天开始，我就彻底打扫卫生。今天准备好晚餐，让女儿回来饱餐一顿，满足女儿在微博里告知的心愿：“回家后，要好好吃一顿中餐。”

“谢天谢地”，女儿在12点39分发回短信，说已安全抵达广州。我悬着的心也跟着安稳落地，看来国际航班是可靠的、安全的，担心是多余的。因刚下飞机，女儿要忙于过海关，没有空闲来电话。

下午2点30分，通过短信联系，女儿不要我们去昌北机场迎接，她要自己和同学一起回来。女儿似乎更独立、更坚强了，不需要我们再操心了。

女儿乘坐的旅游大巴终于在7点左右，从昌北机场回到市区。看见消瘦些许的女儿，我有些热泪盈眶。无论如何，女儿的英国之行是平安、吉祥、历练和成熟的。女儿终于回来了，一切都深深地平和下来了。

我幸福地睡着了

我满眼里都是欢快的女儿，她一边介绍英国的生活，一边比较国内外的差异，感受颇多。一会儿，进入家门，看见丰盛的晚餐，都是女儿盼望的中餐，女儿幸福得更像个孩子。

冷清了20天的家，因女儿的回来，顿时又热闹起来，晚饭摆了一桌，话题问来问去，女儿一点也不嫌烦。

女儿打开旅行箱，拿出一件件礼物，介绍购买的地点和文化。真没想到女儿还是偷偷地给我买了“威士忌”。

细心的女儿还买了一个随身带的“小酒壶”，看起来就有“苏格兰酒鬼”的形象，十分地道。

最精彩的节目是女儿打开她携带的iPad把此行英国的照片一一汇报。一张张照片，一个个景点，一个个人物，一个个故事，我躺在床沿上，看着、听着，我迷迷糊糊，终于伴着女儿的话音，幸福地睡着了。

（文/翦彰）

有梦的地方

一直以来，我都很想去铅山看看。今年国庆假期，我陪孩子出游上饶来研学，首选地就是梦中的古地铅山。铅山是个古县，古县的老街叫河口古镇，是江西四大名镇之一。驻足老街的桥头，遥望远处是红砂岩的几个山包，天是蓝的，云格外洁白，空气好似甜的。

印象中，铅山是个有梦的地方，河口古镇就是古来水运兴盛之地。从这里，汇集闽南的红茶，转运万里之外中亚销售，寄托多少商贾茶人的梦。而今，古街两旁保留下来的古建筑，雕梁画栋，古街石板道，车轮的印痕，让游人流连忘返，赞叹不已。说起铅山自古有名，还得益于闻名于世的鹅湖书院。南宋时期，朱熹和陆九渊、陆九龄兄弟俩，围绕“理学”和“心学”之义，在鹅湖寺争辩，让世人仰慕，代代敬学。

在铅山，我留意到一副对联：中国烫粉在江西，江西烫粉在铅山。这副对联强调这里的米粉做法是“烫”，而且是中国有名的。难怪在南昌街头，也常能遇见有名的“铅山米粉店”，今天我才有更深刻的感悟。由此，我联想到昨天吃过的几个铅山芋头菜，有芋头炖泥鳅、芋头焖牛肉，好像还有一份芋头炖杂蔬糊。让人惊讶的是铅山人的智慧，在一个小小芋头上，可以创造出这么多美食。

这次陪孩子来铅山研学，也是来圆孩子的一个梦。不知从什么渠道，读小学的女娃，知道上饶有个葛仙山，据说还是汉代神仙住的地方，所以，买了汉服，要来体验。昨晚，我有幸观赏了葛仙山的盛况，看见不少穿汉服的人，人头攒动，在观看实景演出。加上这里灯街上游人如织，整座仙山谷，被无数“灯光秀”打造，如银河飘动，似有人间仙境之感。哈哈，如用一句话来概括一下，可否这样讲：有智慧的地方有文化，有文化的地方有梦乡，古色铅山真值得来看看。

（文 / 子闻）

藏红的地方

国庆假期结束，陪孩子到上饶研学归来，我的心情久久不能平静。上饶有“上乘富饶，生态之都”之称，又称“八方通衢”和“豫章第一门户”，上饶山川，秀丽迷人，情景交融，有红色革命旧址，有古生态遗迹，可观可赞。

那天，我驾车去了一个叫葛源的地方。葛源有“葛之源头”之说，因漫山遍野长着野葛，又处溪水源头而得名。葛源在明朝、清朝时期盛产葛粉，所产葛粉成了朝廷贡品。此次上饶行，最深刻的生态印象要算登临龟峰。坐落在弋阳县城南的龟峰景区，真有“无山不龟，无石不龟”之观感。

龟峰，发育于距今 1.35 亿年前，是丹霞峰林地貌的典型代表。远看红岩石峰林，藏在绿色丛林中，近看绿色丛林，又藏在红岩石缝中。端详龟峰景区的远景照片，又凝视红岩石缝中保存完好的竹柏树林，我发现这里似乎本来就是一个“恐龙时代”遗址公园。在龟峰的红岩石缝中，存活着大量竹柏树，该物种起源于距今约 1.5 亿年前，是植物界的“活化石”。

在白垩纪，由于地壳板块的拉张裂陷，赣东北红色海洋盆地应运而生。后经过泥沙流失，红岩风化，终于形成了现在的龟峰丹霞群峰。

很可惜，也就在这同一时代，白垩纪恐龙却灭绝了，遗留下来一大片竹柏林，让现今的龟峰游览者们，只能“见树不见龙，望岩不见洋”。我联想到科幻电影《侏罗纪公园》，不禁对此次龟峰之游充满期待。如果龟峰景区也打造一个“白垩纪主题公园”，利用夜幕和灯光效果，每天上演一场“恐龙时代”的实景演出，那龟峰景区将是中国第一个“史前动植物”游乐园，其旅游和投资价值将难以估量。

想到此，我觉得几日上饶之游意义非凡，也明白了眼中的红岩之石，都是“上乘富饶”的风水宝地。在这片神奇的“大地红”上，蕴藏着无限丰富的革命红、枫林红、岩石红。

（文 / 子闻）

手指书法探索

我由于从小爱好书法，在青山湖校区从事管理工作的十年间也在长期潜心学习书法。随着智能手机的普及，我在书法的世界里，用手指开启了一次奇妙的探索之旅。

一直以来，书法在我心中是庄重又古老的艺术，好像非要在宣纸前，手执毛笔，蘸墨挥毫，才算是书法。可我没有想到，在小小的手机屏幕上，用手指也能领略到书法的独特魅力，感受它的创新与活力。

2013 年的某一天，我接触到一款名为“写字”的书法 APP，它刷新了我对书法的认识，在手机上，用指尖也能写出美观大方的大字、小字。我曾以为书法创作只能在案几前正襟危坐，如今只需动动手指，随时随地就能“挥毫泼墨”。APP 里各种笔锋效果丰富多样，轻轻一划，那粗犷的笔触，仿佛带着千年的墨香，在屏幕上肆意流淌，每一笔都“力透纸背”，和传统书法的韵味如出一辙。

静思笃行　持中秉正

这种全新的体验，打破了我对书法的固有看法。它不仅让我能在忙碌的生活间隙，随时随地沉浸在手指书法的世界，还可以轻松调整笔触、颜色、字体，探索各种不同的风格。原来为了挑选合适的笔墨纸砚，我花费了不少时间和精力去师大南路美术一条街去挑选，而现在能在手机上写书法，这些问题都迎刃而解了。

厚德载物

手机书法 APP 里还有许多有趣的功能，比如可以将自己的作品与好友分享，大家一起交流、点评，还能参与线上书法比赛，和来自五湖四海的书法爱好者一较高下。在这个过程中，我结识了很多志同道合的朋友，拓宽了自己的视野。

天道酬勤

书法，这门古老的艺术，在科技的助力下，以全新的姿态走进了我们的生活。书法 APP 让书法不再是遥不可及的高雅艺术，而是成了我们生活中触手可及的一部分，让我能在指尖上感受这古老艺术的革新魅力。

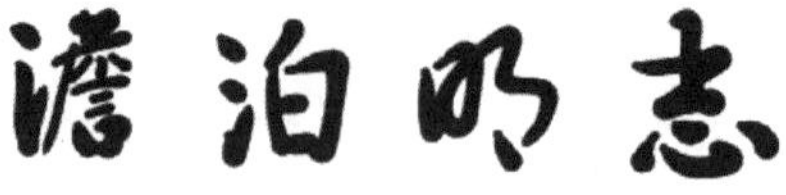

澹泊明志

在数字化时代，传统艺术与科技的融合正以前所未有的速度改变着我们的生活。书法，这一承载着千年文化底蕴的艺术形式，也在这一浪潮中找到了新的表达方式。我爱好传统文化，更爱写字，现在常用手指在手机上随时按照自己的灵感，来创作书法作品。我的写字风格是一气呵成，笔画既大且粗，号称“张体”。“手指书，一笔粗”，这是我对写字的一种技巧尝试，探索书法艺术与现代科技的融合。

弄墨留趣

传统与现代的碰撞

传统书法讲究笔力、墨色、结构与气韵，一笔一画都蕴含着写字的情感与意境。在智能手机普及的今天，人们日常书写多依赖键盘与触屏，手指在屏幕上的滑动成了新的“笔触”。将这一日常行为转化为书法艺术的新形式，就是对传统书法的创新。

宁静致远

技巧创新引领书法新风

我最初利用手机特有的触屏手写方式，尝试在屏幕上进行创作，立刻感觉不同于纸笔。手机屏幕的触感反馈、可视化的笔画调整，以及即时的存储和分享功能，为书法创作带来了前所未有的便捷性和强大的传播能力。更重要的是，通过软件设置，可以轻易实现笔画的大而粗，这种风格上的转变，不仅让书法作品更加醒目、有力，也赋予了其独特的现代感。

岁月静好

一笔完成的挑战与魅力

在手机上进行书法写字，要求手指具备更高的控制力与专注度。一笔完成，意味着要有一定的书法功底，对每个字的结构了如指掌，每一笔都必须精准到位，这不仅考验着书法功底，更激发了我对线条美感的极致追求。大而粗的笔画，使得每一个字在视觉上更加震撼，每一笔都仿佛带着力量，直击人心。这种风格上的创新，让书法作品在保持传统韵味的同时，又充满了现代气息，展现了书法艺术的无限可能。

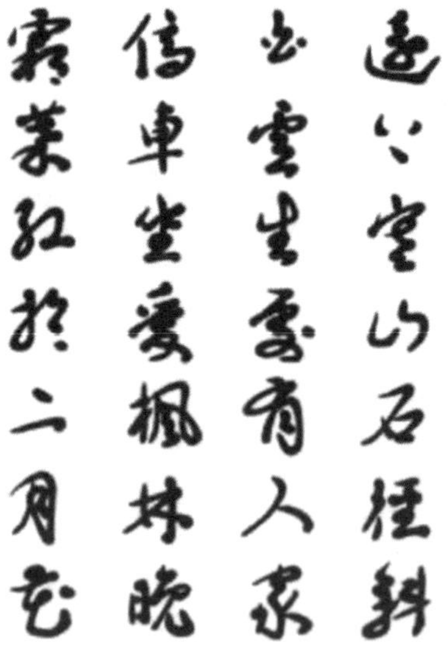

远上寒山石径斜，白云生处有人家。停车坐爱枫林晚，霜叶红于二月花。

文化传承与创新的价值

手机上的书法创新，不仅是形式上的变化，更是对传统文化的一种现代化解读与传播。它降低了练习书法的门槛，使得更多人能够通过手机这一普及化的工具尝试书法，从而激发大众对传统文化的兴趣与尊重。同时，这种新颖的表现形式也为汉字的书法艺术的国际传播开辟了新路径，让世界感受到中国书法的独特魅力。

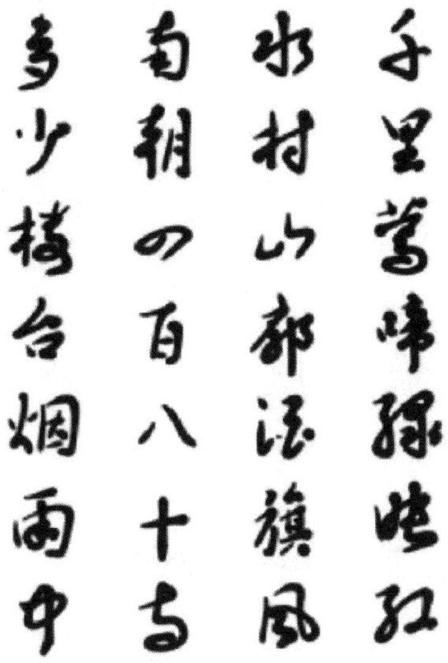

千里莺啼绿映红，水村山郭酒旗风。南朝四百八十寺，多少楼台烟雨中。

我的手指书法体验，虽是在手机上进行书法写字，算是对传统书法的一些新的尝试，可以算是对书法艺术的一种新的探索。书法艺术的传承与发展，需要新的活力，需要开放的心态，希望更多的人来探索传统文化与现代科技相结合的奇妙之旅。

【怀念师大】

会说话的建筑

走进江西师大老校区，校园建筑似乎有一种崇敬、肃穆之感。走进校园，映入眼帘的是几栋老旧灰色建筑，指挥塔楼、大礼堂等墙上“1935”镶字给人印象尤为深刻。有人说，老校区建筑会说话，它们在述说着民国时期的航空梦，见证着江西师大的历史发展。

老校区的建筑包括意大利风格建筑、砖木建筑、仿唐建筑、欧式建筑、俄罗斯风格建筑、捐助建筑、地下建筑和标志性建筑。

建筑是无声的历史，旧事总在流传中延续。笔者曾在这个老校区生活了几十年，与这些老建筑朝夕相处，聆听和见证了许多传奇故事，现编写成文章，愿与师生和朋友们分享。

意大利风格建筑：见证中国航空梦

老校区在1935年曾经是“中央南昌飞机制造厂”，因和意大利合资，也称“南昌中意飞机制造厂”。现指挥塔楼是当年机场指挥楼，大礼堂是飞机库，老美楼是厂房，红场是遗留的机场地面，校园主干道是当年制造厂的小型飞机跑道。

老校区指挥塔楼、大礼堂等处是目前南昌保存完好的意大利风格工业建筑，使用意大利产的钢筋和水泥建造，也是迄今南昌保留最完整最大规模民国建筑群。有专家说，大礼堂钢筋混凝土横梁跨度是当时（1935年）

除钱塘江大桥之外的“中国建筑最大跨度”，南北宽 26 米，东西长 80 米，楼高 10.7 米，整个空间没有一根支柱。

砖木建筑：解放初期 我校办学万事待兴

1950 年，江西师大的前身南昌大学迁入青山湖老校区，于 1952 年兴建了一批砖木结构办公用房。保留至今的外专楼曾是当年南昌大学机关办公用房和幼儿园。王字楼原为南昌大学各院系及行政部门办公场所，因鸟瞰图呈“王”字形，故称王字楼。

外专楼原来是平房，因在 1985 年、1999 年将西楼、东楼先后改建为两层，1983 年始用于接待外籍专家、教师及留学生，故名“外国专家楼”，习惯称外专楼。

保留至今的这些历史建筑面积不大，楼层不高，可见当年南昌大学办学的经费之紧张，当年办学之艰难。

各院系集体用房，用一个“王”字连接，建成“王字楼”，屋顶还设有几个小型的“烟囱”，不忘给平淡的建筑增添一些浪漫。由此可推想，现在瑶湖新校区巨大的“惟义楼”建筑结构布局，也有点“王字楼”的遗风。

南昌大学在全国院系调整后，部分院系分别调到武汉大学、中山大学等校，留在老校区的师范部变成了江西师范学院。1955 年建设了第一教学大楼，1956 年建设了第二教学大楼。这两栋教学楼基本上是砖木结构，青砖、灰瓦、坡顶、木窗、木地板，教室课桌和座椅是连体的“火腿椅”，曾部分展出在指挥塔楼一楼大厅。

可能是因建筑陈旧，缺少喜庆气氛，十多年前学校有大庆，对第一、二教学楼进行外墙装饰和粉刷后，建筑的面目有点“不伦不类”，就是现今“中西结合”的“青顶白墙”模样。

为此，很多有识之士呼吁，应还原第一、二教学楼“青砖灰瓦”建筑风格。如今，学校翻修了第二教学大楼的瓦屋顶，附小教学楼还加盖了一个“瓦顶”，可见有好的端倪。

仿唐建筑：校园中心位置的书院遗风

在校园主干道中段，常有人驻足拍摄一栋建于1952年的楼房，该楼就是老校区典型的仿唐风格建筑，名为“总务楼”，是我校前身南昌大学1950年迁入此地后而建，是当时南昌大学医疗、总务办公用房。半个多世纪以来，这栋楼几经修补，保留原貌，延续至今也归总务部门办公使用，算名副其实的“总务楼”。

整个“总务楼”是长方形砖木结构，青瓦坡顶平房，坐北朝南。在南边有一狭长走廊，红色廊柱加上花格扶手，古色古香。走廊连通各个单间，一是方便出入通行，二是能遮阳、避风雨。

从老校区整体方位来看，“总务楼”地处核心位置，是老校区的中心景观，可以体现中国古代传统建筑的审美理念和设计思想。

“总务楼”前面是第二教学大楼，右边是外专楼，左边是主干道，后面的学生宿舍已拆除，改建为现在空旷的明德园休闲广场。“总务楼”周边植有樱花、桂花等观赏树木，平日里学生、游人围绕“总务楼”行走，在古朴长廊里穿梭不息，“绿树丛中有古屋，古屋回廊游人多”。

在二十世纪八九十年代，在建设瑶湖新校区之前，校团委、学生会就设在“总务楼”，这里是学生最熟悉的地方，是老师联系学生、学干密切联系群众最方便的地方。

欧式建筑：见证师大成为全省最高艺术学府

江西师大是全省最早知名的音乐、体育、美术高等学府。当你来到师大青山湖老校区，看到一栋路边的欧式平房，该房呈东西走向，拱形连廊，方形柱体刻线隐含着音符的元素，这便是建于1953年的“老琴房”，为1949年后国内首批建设的艺术专业教学用房，别具典雅风格。

老琴房靠近主干道的一边，几十年来均被称为“演奏厅”。拾台阶而上，有四开的木门。这里常年有音乐系的师生表演，观看者经常拥挤到路边，高亢的歌声、悠扬的琴声传得很远很远。

从老照片上可以看到，在原来大门上方有浮雕，象征着典雅的音乐殿堂，可现在改为一堵面对主干道的无声墙，听说“演奏厅”还改了名，让人有点惋惜。

说到“师大音乐”，自然让人联想到“师大体育”和“师大美术”。从老校区“室内田径馆”的巨型屋顶规模，可见当年“师大体育”的辉煌。

而师大美术专业的“名气”不亚于师大音乐专业，有老美楼可见证。老美楼建于1935年，也属于欧式建筑，原为中央南昌飞机制造厂厂房，1950年南昌大学迁入后，老美楼经过改造，一楼为学生食堂，二、三楼为学生宿舍，继而改为美术专业教室，故称“老美术楼”或“老美楼”。

俄罗斯风格建筑：即将不存　急切呼吁修复保护

江西师大老校区的老建筑，不仅是师大的历史缩影，也反映中外历史大事。从一张航拍于1980年鸟瞰师大老校区的彩照，可以看到红色房顶占据一大半，它们就是师大老校区记忆中的苏联援建的俄罗斯风格建筑。

现今尚保留完整的有学生宿舍5栋、6栋、7栋和老物理楼。但老图书馆被破坏严重，经过改造，现为教室和办公用房。

老图书馆建于1959年，砖混结构，鸟瞰图呈“工”字，原南楼（共三层）为阅览室，北楼（共四层）为书库，中间连接部分为图书出纳台与办公场所。

老物理馆建于1958年，砖混结构，后扩建东西两翼，原为物理专业实验大楼，故称老物理楼。

老照片上的老图书馆，红砖红瓦，一楼是“克里姆林宫”式腰墙，二楼以上的窗台外是抽象浮雕，室内墙体厚实，窗大门高，空间高深，冬暖夏凉。

近年来，省、市文物专家来江西师大老校区参观，对南昌城区即将不存的俄罗斯风格建筑忧心忡忡，希望师大的相关部门修缮现有的俄罗斯风格建筑，挽救师大的一种建筑文化，为南昌保留城市记忆。

捐助建筑：爱心人士雪中送炭助办学

二十世纪八九十年代，江西师大在老校区办学，规模只有万余人，办学经费严重不足，举步维艰。那时各个高校都争取捐助，在师大老校区有三栋建筑属于爱心人士捐赠建设的大楼，它们分别是逸夫楼、田家炳楼和重韶图书馆。虽时过境迁，但大楼仍然耸立，师大人永远铭记那份雪中送炭的珍贵情谊。

逸夫楼建于1989年，五层框架结构，江西省政府投资120万元，香港邵逸夫先生捐资200万元港币。

田家炳教育书院大楼建于1999年，八层框架结构，总投资1020万元，香港田家炳先生捐资600万元，因田家炳教育书院在楼内而得名，简称“田楼”。

重韶图书馆建于1993年，六层框架结构，江西省政府投资750万元，江西旅台同乡会常务理事周仲超（字重韶）先生捐资20万美元，“重韶”之名因此而得。

地下建筑：特殊年代的防空体和阅览室

指挥塔楼地下防空大厅建于1935年，有楼道通往地下一层，当年所用钢筋和混凝土直接从意大利进口，属于坚不可摧的地下掩体。

香樟林下的巨型人防工程网，建于20世纪70年代初。当时，为了响应国家号召，师院发动教职工深挖防空洞，建立师生防空网。

在建设师大新校区之前，老校区教室紧张，“人防洞”改成“人防阅览室”，一直用于学生读书。人防阅览室有9个巨型涵洞，每个涵洞都设有水泥长方形阅览桌，加上木凳，就是一间间巨型教室，可同时容纳三五百人。

人防阅览室冬暖夏凉，学生可以冬天穿衬衣，夏天穿棉袄。这里留下过许多趣闻和记忆，很多校友返校时对此还念念不忘。随着师大老校区资源的开发建设，两处地下建筑亟待整修，可修复为人防阅览室，可打造人防教育基地，延续往昔的精彩。

标志性建筑：师大传承文化的部分基因

说起老校区的标志性建筑，最容易让人记住的是红场和教师雕塑。这两处虽不能严格算是建筑，但红场平易近人，可自由漫步，教师雕塑也使人印象深刻，所以我们可以把它们视为标志性建筑。

教师雕塑一进门就能望见，洁白无瑕。有人开玩笑说，这个雕塑是师大出美女的标志，其实那是人民教师的标志。

红场建于1935年，原为中央南昌飞机制造厂大棚车间。1950年南昌大学迁入时，大棚构件多被周围村民拆用，但四方形水泥地面未损，学校将其改建成滑冰场、舞场。

20世纪50年代以来，师生露天活动多在此举行。2002年学校将红场功能界定为青年文化广场。另外，《江西师大报》文艺副刊取名为“红坪”二字，也是源自这里的校园文化。

正大门内的雕像名为“向往”，建于1985年。雕像用朴素的手法表现一名女大学生手捧书本凝神远眺，向往未来的教师事业。雕像下半部由层叠的书本渐次变化为人物衣裙，寓意人民教师是知识的化身。

几十年来，红场、雕塑似乎成了师大人心目中的标志，已融入师大文化，究其缘由，这里可以探讨一二。比如，我校主色调“师大红”说法从何而来？“师大红”演绎了“红场”的颜色，沿用了“机场文化”，延续于中国的“航空”腾飞梦。又如雕塑洁白无瑕，寓意人民教师的师德高尚，可演绎到江西师大提倡的“师德师风”特色，由此推演“雕塑”就是师大“师魂”象征，“洁白”就是“师魂”的追求。

也难怪乎，最近师大附小教学楼外墙和屋顶颜色改造，经过激烈争议之后，确定为以体现师魂的“洁白色”为主基调，配以“师大红”主色调，效果令人拍手称好。有学校领导参观后赞叹道：“师大附小有‘百年老校’之感。”

（文/蒯彰，2013年10月2日）

可读书的防空洞

走在师大老校区主干道上，你会看到一片密植的“香樟林”，此片林子是这个校园独特的“读书林”。只要天不下雨，你肯定能看到三五成群的读书人。

为何会在此聚集日夜读书呢？据说与这里地下曾有个“可读书的防空洞”有关，20 世纪 80 年代这个防空洞被改造成师大的“地下阅览室”。如果你有兴趣与师大老人闲聊，或是遇见在主干道匆匆而过的老校友，许多人会不约而同地回忆起当年“地下读书”的盛况。

笔者是当年“地下读书”的见证者之一，也一直对师大老校区神秘的地下建筑着迷。笔者曾应《师院旧谈》栏目之约，为这个可以读书的防空洞写一篇回忆性文章，介绍这个地下洞的来龙去脉。

根据当年管理员提供的有关资料，笔者还寻访了几位师大前辈，现将有关叙述编写成文章，希望能增添老师大的传奇色彩。

备战需要——拔款甚少 自行挖洞

1972 年，当时的江西师院（江西师大前身）根据中央精神，按照南昌市人防办、东湖区人防办对江西师院人防工作的要求，积极做好“三防”工作，挖掘人防工程，提前做好师生应对“核武器、生物武器、化学武器”袭击的防护工作。

1973 年，江西师院经过近一年的筹备，地下防空洞工程正式开工。当时，东湖区人防办只下拨少量经费，防空洞主要是由江西师院自筹建设、自行设计和组织施工，前后挖掘了近 6 年，直到 1979 年停建，总共修建了建筑面积 1826 平方米，现今保存完整。该防空洞规模之大，工程质量之优，值得师大后人保护。

工程浩大——师大全员　地下劳动

江西师院地下防空洞在当时堪称浩大工程，因该建筑资料不全，现只能以地面房屋和道路来描述其范围。该地下防空洞距地面约 10 米，沿校园主干道西侧布局，南至第二教学楼、香樟林；北至银干楼、学生宿舍 7 栋南面花坛；东与主干道基本平行，南北走向；西至总务楼、外专楼。

当年开挖地下防空洞属于全校总动员，教职员工轮流下洞劳动，学生以班级为单位参加，还开展轰轰烈烈的劳动竞赛，每年评出先进单位和先进班集体。挖洞作业面只能容纳 8 人，师生员工有的挖土，有的运泥巴，有的挑石头，有的推车，热闹非凡，干劲冲天。涵洞所用石头是采自梅岭山上的麻石，由擅长石艺的福建人在地面打磨，并在地洞里砌成石拱墙。水泥由市人防办供应，江西师院拖拉机队前往赣江边货场搬运。

地下读书——冬暖夏凉　争抢座位

江西师院防空洞工程呈南北朝向，大涵洞做成 9 间教室，长度 10—40 米，高约 4 米，宽约 3 米，由一个东西走向的 150 余米涵洞连接，南北走廊为主要疏散通道，约 450 米。人防进口设在现香樟林后的石阶门廊下（现有铁闸门封闭），出口在银干楼南面花坛平台（已封闭），还有一个“升降机出口”设在现外专楼最西边餐厅垂直地下约 10 米处（现墙脚下还留有进风口）。三个“出口”也是通风口，校园主干道边的“友教亭”下面是巨大通风口，约在 8 米深处，现在仍可见冬天冒热气，夏天出冷气。

防空洞冬暖夏凉，环境幽静，夏天无蚊虫，不受外界噪声干扰，十分适合看书学习。1981 年，江西师院结合当时自习场地十分紧张的情况，把地下防空洞开辟为阅览室。

1982 年，地下防空洞内部经简单装修后投入使用，共有 11 个教室，可同时容纳三五百人看书学习。地下阅览室全部安装了水泥板桌椅，修建了男女厕所，安装了供水、排水、换气设备。每天上午通风换气（一般不开放），14：00—17：00 和 19：00—20：00 开放。学子们热衷于“防空洞”读书，尤其是考试前，纷纷用书包、衣物争抢座位，形成当时远近闻名的“防空洞读书”风景。据说，现在“香樟林”读书风景就是“防空洞读书”的“遗风”，刻苦读书的印象让老校友返校时念念不忘。

平战结合——参观者众　表彰甚多

江西师大地下防空洞自开设为学生阅览室以来，直接由学校人防办管理，归属于原总务处，配备专门管理人员，聘请清洁工每天清扫卫生。人防办还制定了一系列管理制度，如管理员值班规定、人防安全检查制度、地下阅览室开放办法、学生自习守则等。

管理人员每天下洞查看，及时维护洞内设备，保证换气、供电、供水、防火、防洪及维护治安秩序，并严禁在人防阅览室内大声喧哗、吸烟、乱丢果皮纸屑、追逐和玩耍等不文明行为。

由于地下阅览室管理有序，洞内干净整齐，师大学生常年在地下的读书活动受到新闻媒体的关注和报道，因此获得较高的知名度。当时，师大人防洞被评为“东湖区人防工程管理先进单位”“南昌市人防工程平战结合先进单位”。

当年，参观地下阅览室是师大学子值得炫耀的一项活动，如有家长来校探望，或别的大学老乡来校访友，带他们去地下阅览室溜达一圈，是必不可少的安排。那时，省内外人防单位来参观学习的络绎不绝，有一次省人防办还安排了一个外国代表团来参观师大地下阅览室，他们称赞师大地下阅览室的“平战结合”利用得很好。

开发前景——可以整修 综合利用

师大老校区可读书的防空洞，在建设瑶湖新校区之前，曾经发挥过很好的作用，缓解了学校办学场所严重不足所带来的压力。

江西师大办学主体搬迁到瑶湖校区后，地下人防阅览室不再开放，长期闲置甚至被人遗忘。近年来，地下人防阅览室被发现存在一些安全隐患，亟待整修和重新利用。师大老校区经过多年整治，地面景观越来越美，地下空间资源也应焕发生机，重新找到使用价值。

当前，应组织人员继续勘察和统计地下损毁情况，请人防专家勘察安全现况，提出安检报告。因地下阅览室原有的水泥桌基本完好，建议在冬、夏两季恢复地下阅览室功能，供在校学生自习使用。也可请地热应用专家，测试地下人防制热和制冷情况，研究为教学楼、外专楼宾馆输送暖气和冷气的可能。

有人建议在春、秋两季，参照国内有些高校校园利用人防工程的做法，与省、市人防办合作，建设有关培训中心、教育基地和旅游体验点。

一则，可根据《全民国防教育大纲》要求设置课程，设立江西省防空教育培训基地，聘请专兼职教师授课培训。在地下涵洞设立电教室、展览室、器材室、更衣室、防空警报器等。展览室以图片、实物、模型等布展。基地可同时容纳300—400人训练，可分期分批接纳南昌市中小学生进行“三防”教育演练，承担全省中学“三防”知识教育师资培训任务。

二则，可在地下阅览室墙上装饰历史照片和知识展板，将地下阅览室打造成小型军事博物馆。宣传“战时防空、平时防灾”的基本知识，增强英雄城人民的防空防灾意识和国防观念。充分利用现代传媒和声光电技术，以图文并茂的形式，让参观者牢记战争的历史。同时也可当作军训教育课堂，让学生和游人接受爱国主义教育和国防教育。

三则，可结合南昌现代城市建设需要，保留一份珍贵的“城市防空历史记忆”，打造地下探幽和人防体验旅游点。每逢周末，可对市民、游人开放。培养一批校园学生导游，接待游人参观，进行国防教育和现场演练。接纳学校、企事业单位、社会团体有组织地来参观、学习和体验，把师大老校区打造成为南昌地铁一号线上独特的，集教学体验、人文历史和生态旅游于一体的景区。

（文 / 蓊彰）

回忆师大包子

昨天，有人给我打电话，说在老校区主干道挂横幅的事，我问横幅是什么内容，对方说是准备在国庆节搞毕业20周年同学聚会。“同学情深，母校情结”，又提醒我到了校友聚会的季节。

每年的五一、暑假、国庆都是老同学聚会的旺季。老校区主干道横幅飘飘，校园里热热闹闹，不少人在红场、指挥塔楼前，背靠“1935”拍一张合照。

同学聚会，师生欢愉，少不了回忆一些校园旧事，“民以食为天”也是主题之一。回忆起在学生食堂享受过的待遇，老同学不约而同地首先会想起“师大包子”。听说好几个人当时因为喜欢吃包子，而得名“包子”外号，至今同学还是如此称呼，觉得十分亲切。

回忆中的“师大包子”，印象最深的是大得出奇，一个个如小碗大，冒着热气，进门就能闻到香味。工人师傅本事也大，把包子做得很圆、很白，面皮吃起来很软，一看就有食欲，吃一口保证你嘴边流着油。

吃过大包子的校友，现在几乎都记得“师大包子”里包着三“宝”：肥肉、蛋黄、雪里蕻。这三“宝”荤素搭配，营养丰富，油水很足，是学子们梦寐以求的美味。

20世纪80年代，物资供应匮乏，学校穷，学子贫，这些大包子也不能随意吃。当时学校有个限购政策，购买大包子要凭票，每个学生每个月只发三张票。有的同学身体素质好，又能吃，喜欢大包子，提前吃完了三个指标，就动起了脑筋。

据说，有一位读理科的同学，多才多艺，擅长绘画，出于对大包子的思念，就画了一张包子专购票。第二天他和其他同学一起去“挤兑”买大包子，蒙混过关，结果还真买到了包子，美美地享受了一顿。如今，虽不宜提倡学生的“画票”行为，但这个故事还是值得回忆。

到了20世纪90年代，社会物资基本不再控购，学生食堂的“大包子”买卖也基本放开。但要想吃到包子，还是要想一点办法。“人人都想买，看谁起得早”。

每天早上卖大包子的“窗口”总是先排起长队，轮到站在后面的人，有时难免售罄，失望而归。

因为大包子总是供不应求，爱读书、起得早的同学，吃上大包子的机会自然多于爱睡懒觉的同学。有一个读文科的同学，有早起早读的习惯，又爱吃大包子，每次买回包子，独自享受，在寝室里吃得“闷香”，于是同学们幽默地给他起了个绰号，叫“包子”，他也乐意接受。

可能因为爱起早读书，如今这个校友读了很多书，很有才，也很有政治理论水平。几年后，他被调到省委的一个部门做高参。

自2010年70周年校庆以来，老校区校友聚会氛围越发浓厚，发扬光大，凝聚精神。园中园宾馆、外专楼招待所经常宾客盈门，迎来送往，笑声朗朗。

宾馆经营者善于发现，在校友聚会的话题里，找到“师大包子”的情结和商机，现在已打造成一盘主食，就叫“师大包子”。

一是可以奉上每张餐桌，让校友们重温昔日“大包子”的纯正味道。

二是让“师大情结”通过菜肴加以传承，让校友们找到当年求学的起早晨读、排队购买、“嘴巴流油”的感觉。

在校友印象中，老校区留下许多美好记忆，终生难忘。在教室、寝室、食堂、操场等地发生的系列故事，构成了生动的母校情结，正如“师大包子”故事一样，源远流长，作为师大育人文化的一部分，在世代学子的记忆中流传。

（文 / 蒴彰）

我心中的好老师

曾经在岁月中“互撕”
现在在记忆里“互思”
——致教过我的恩师和我们最好的时光

近期，我看到过一则《我心中的好老师》的征文启事，一种写作冲动油然而生。人的一生，从小到大，要遇见很多老师，但长留在心间，能常唤起回忆和感恩的，我以为那就是好老师。

好老师也许是启蒙智慧的小学老师，也许是才华横溢的中学老师，也许是指点人生的大学老师，也许是工作、生活、事业的良师长辈。

爱夸人，教我们写好作文的小学启蒙老师

我读的小学是大山里的一个村小，教我们语文的是一位姓赖的老师。他总是梳个平头，精神抖擞，每天骑一部大型的破旧自行车来学校，刹车的那一瞬间，就像一股风。

他和蔼可亲，上课却严厉，而对写字漂亮的、写作文好的学生，总是夸奖又夸奖。在夸奖的激励下，全班掀起一股学语文的热潮。后来在小升初的考试中，我们村小当中有 12 个人（其中有我）被乡中学录取，全是因为语文成绩好。

赖老师算是我们的启蒙老师，他不仅教我们语文知识，而且教我们对

人要有礼貌，要宽厚待人。

记得有一次，我和一个同学走山间小道赶去上学，与赖老师“狭路相逢”。因为我语文好，又讨赖老师喜欢，在很远处就大声喊叫：“赖老师好！”

可回头一看，那个同学（语文不好），却钻进草丛里躲藏起来了，可能是不太好意思叫一声“老师好”。

但赖老师走过去后，却哈哈大笑地回头说：“老师不是老虎，你不要怕我，你是怕写作文吧。”

此后，赖老师特别关注和辅导那位同学，鼓励他写好字，写好作文。那位同学也很争气，考上了乡中后，又考上县中，全因他语文成绩好，尤其是作文写得好。

重视体育运动，磨炼我们意志的乡中老师

我读的乡中学位于省 105 国道旁，一个坐北朝南的丘陵山坡上。学校的操场不是水泥的，而是红泥巴的。山后坡上还留有红军战斗堑壕，还能捡到生锈的子弹壳。每逢春夏雨季，红泥操场就会流成很多小沟壑，似有历史战场的痕迹。

教我们体育的谢老师，刚从中师毕业，教导学生充满激情。每天清早在这红泥巴操场上，带领我们锻炼身体：跑三圈，做广播体操，再集合训话。早晨的乡中学，有时尘土飞扬，喊声阵阵，像座兵营。

谢老师常教育我们说，身体是读书的本钱，没有身体健康，就读不好书。后一句，我当时很不懂其意，至今回想人生，似乎才明白，没有健康就没有一切。

在谢老师的影响下，我们都养成了早上跑步的习惯。有时我们集体整队，沿着风景优美、空气清新的 105 国道跑步。跑步时，谢老师吹起阵阵哨声，加油又鼓劲。谢老师鼓励我们说，早上跑步，既锻炼身体，又磨

炼意志，没有意志也是读不好书的。

谢老师的话，后来均得到了印证和肯定。他带出的乡中学篮球队打败了县中篮球队，他带的乡中学初三毕业班在全县中考时，考出了“状元”“探花”的名次，一时轰动了全县教育界。

学有专长，上课犹如“脱口秀”的高中老师

我读的高中是当时县里唯一建制完整的中学，在县城南边，坐落在蜿蜒龙江的山坡上。校园的板栗树高大翠荫，后山上的油茶林绿油飘香，那栋标志性的“老三届”高中教学楼至今尚在。下坡过桥，直通县城红色圩场和朱毛会师广场。

印象最深的是教数学的钟老师，他是湖南人，脸黑黝黝的，家住县城北边，每天上完课，骑上自行车，匆忙回家干农活。钟老师数学教得很好，但从不带讲稿，是一个“脱口秀”老师。他上函数课时，边讲边板书，一行行函数推算，写得很漂亮，这些数据似乎全在老师脑海里。上几何课时，他总是空手而来，从不带三角板，但能快速地画直线。遇到画圆时，他徒手左画半个圆，右画半个圆，犹如圆规，一下子就画完一个圆。可能是因为我们都很佩服钟老师，我们班的数学平均成绩直追“尖子班”。

在我的高中老师中，还有一位擅长“脱口秀”的好老师。他姓戴，第一堂课我没有听清楚他的姓，还以为他是个代课的政治老师，来随便讲讲，因为他走进教室也没带讲稿。但戴老师上课很有气势，洋洋洒洒，对讲课内容似乎能倒背如流，深入浅出，既讲政治原理，又联系实际分析，引人入胜，让同学们都爱上了政治课。

戴老师的演讲风采，让我打心底里佩服，并暗自效仿他，自学演讲，练背功……至今，我的演讲风格也有戴老师的真传。

严谨治学，和蔼可亲又教学相长的大学老师

我的大学四年学习，基本上是在一栋 20 世纪 50 年代兴建的教学楼中度过的。该楼砖木结构，青砖碧瓦。在铺着实木地板的教室，走动人多时，脚下会有弹跳感。很巧，我读的那个系，老师也在这楼的东头办公。

刚入校报到，就听说我读的这个系有很多大家（老先生），有的老师能背新华字典，有的老师本人就是散文家，有的老师在黑板上板书，每个字都像启功写的……

待上到这些和蔼可亲老师的课，我心中不由赞叹，产生强烈的学习冲动。好的老师，不仅有高深的学问，更有谦和的教态，既让学生佩服，又让学生亲近。

每次听这些老师的讲课，课堂气氛都很活跃，同学们学习热情很高，可以说，每堂课就像久违的师生欢聚一堂。

在我们系这种教学相长的效果熏陶下，我们的大学四年过得很快，学习收获良多。时至今日，这些好老师活灵活现的形象，在我们学生的脑海里永远是鲜活如初。

学无止境，虚心请教，良师无时不在，无处不有

在我大学毕业后的工作生涯中，曾几经波折，又几经苦楚。但我始终秉持一条硬道理，那就是要守好农民子弟的本分，既要热爱工作，也不要忘却学习。

刚参加工作不久，我由于年轻气盛，工作很认真，说话率直，做事生硬，得罪了人自己还没感觉。科长指点我说，做事要既有原则性，也要有灵活性，这样更能符合实际。此话让我受益良久，每每遇到难事，我总会想起这句话，也总能找到解决问题的办法。

有一年，我调动到一个新单位，因环境陌生，又无“抓手”，一时难以开展工作。于是我请教一位老领导，那位老领导教导我说，首先要熟悉事，其次要敬重人，这样才能很快融入新集体。看似简单的几句话，但其内涵深邃，也很切合实际，让我受益匪浅。

十几年前，我曾在校长身边担任一份重要工作，整天忙于干事，疏忽了专业学习和进步。有一次出差在外，遇到我的大学老师，他与我彻夜长谈，劝我无论如何也不能放弃专业学习，他语重心长地提醒我，学习总会让人进步的……

一语点醒糊涂人，后来我发奋了好几年，终于在省里评上了副研究员，并养成了爱写东西的好习惯，每次发表文章，点击率还算高，总算对得起这个副研究员职称。现在很多工作能得心应手，也得益于我在工作调研、分析总结、提高认识等方面的进步。

古人语：三人行，必有我师焉。在漫长的人生中，只要我们时时留心，处处好学，肯定会遇到很多老师。好老师常有，但长留在心间的好老师不常有。

这就给了我们一个启示，即在当今新时代，如何当好一名教师，又如何做好一名人师呢？

首先，要做好“经师”，既能严谨治学，又能为人师表。其次，要做好“人师”，对待学生，对待后生，要能严爱相济，润己泽人，呵护心灵。再次，要有诲人不倦、甘为人梯的精神。

我想，能这样做的老师肯定是我们心中的好老师，这些老师就是我们真正要赞美的，真正有大智慧、大爱心、大公德的好老师。

（注：本文曾获2021年江西师范大学教师节征文一等奖。）

（文 / 子闻）

【难忘乡情】

春雨忆年少

春节元宵过后，南昌似乎就是雨季，春雨淅淅沥沥，让人见不着几日晴空。

昨夜伴着滚滚雷声，听着屋檐嘀嗒的雨声入眠，梦里我又回到了少年的家乡。在赣西南的黄洋界脚下一个小山村，我正赶着一群鸭子，让它们在春雨里觅食。田野里没有多少绿苗，鸭子们用它们的一张张硬嘴，在泥泞里啄食，发出“啪，啪，啪”的泥水声。

我爷爷戴着斗笠，走在远处的田埂上，呼喊着我的小名：“敖古——快赶鸭子过来，这边水田里有螺蛳，鸭子吃饱了好下蛋。”爷爷扛着锄头路过，正准备去秧田里干活，向我传授“养鸭经”。

家乡春天的田野没有很多草虫，也刨食不到蚯蚓，鸭子多吃带腥味的“螺蛳”，就会多下蛋。我知道爷爷放鸭子有经验，于是我急忙赶鸭子过去，鸭子们集体发出“嘎，嘎，嘎”的欢呼声，一下就惊醒了我春雨里的梦。

小时候，周末放养鸭子是爸爸分配我干的家务活，当“鸭司令”的使命就是“喂饱鸭子多下蛋”，鸭蛋拿到县城农贸市场可以卖钱，卖鸭蛋是我家的经济来源之一，也是我的学费来源。每次卖鸭蛋回来，爸爸总会给我买几本有“战斗故事”的小人书，也算是给我的奖赏了。记忆中的家乡春雨是连绵不断的，天总是蒙蒙的，连同山影浑然一体，哈一口空气，都好像是湿润的。

春雨里，我还爱在小水渠里“挡鱼”，或在水田里“氹泥鳅”。因为春雨不断，水渠水流增大，小鱼们就格外活跃，有的想顺流而下，有的想逆流而上，这样就给了我“挡鱼”的机会。用一个竹篾做的、过滤水流的椭圆“大蚝”把鱼“挡住”，鱼顺水流钻进去，就不要想出来，水过去了，鱼却兜在“蚝”里头乱跳。

在水田里“蚝泥鳅”用的是一个“小蚝”，里面撒上一些鸡鸭干粪，引来泥鳅和黄鳝往里钻，它们一旦进去，就再也出不来了。感谢祖先留下“挡鱼”和“蚝泥鳅”的生存技艺，在百无聊赖的春雨里，能让我家乡的孩童们欢呼雀跃，收获沉甸甸的“野味”，不仅让家里有鱼味上桌，还锻炼了孩童们与鱼、泥鳅斗智斗勇的本领。

春雨滋润万物，春雨催人种树。刚过去的植树节，又让我想起我小时候冒着春雨，去栽种竹子的旧事。我小时候好动，闲不住，干不了农活，就在房前屋后、水塘边、菜园里到处种树，老家人就说我从小就“好勤快”。

每逢春天，我都会到处去挖树苗，有一次我去邻村挖竹子苗，因为竹子根很难挖，一定要保持泥土，才能保住主根成活。我在亲戚家菜园里挖了一上午，正好赶上人家那天杀猪，于是人家就请吃饭，我们几个孩童美食了一顿猪肉，还俏皮地说：“抹抹嘴巴，就走路。”“顽皮之言”正好被女主人听见了。我们没有说一声“谢”字，还扛了人家几根“连根带土”的竹子苗走了。至今，人家还记得这件事，搞得我前年过年回家，还专门登门拜谢。

如今城里的春雨，也是雾蒙蒙的，分不清是雨还是雾，看到滚滚的车流在城市里拥堵不堪，又以为是可怕的雾霾雨。怀念春雨，常想起去乡村看雨，格外清新，心情舒畅。现在城镇化，很多人进到城里来，城里人又想出去，去郊游、登山，去农家乐。春天踏青，如巧遇春雨，春雨飘在你脸上，既滋润心灵，又有益于健康，春雨不在天上，春雨又回到少年的心里。

（注：此文在大江网发表后，深受读者好评。后以“春雨”为题进行改写，于 2023 年 5 月发表在《江西教育》）。

（文 / 敖古）

念母爱（一）

那年，我十二岁，夏季来临的五月，母亲因难产仙去。那时我上了小学五年级，因不懂事，不知断了母亲恩情的后果。全家人都在悲哭，可我怎么也哭不出来，我的人生，就这样一直在愧对母亲的思念中度过。后来虽然在外工作几十年，但在一个游子的心灵深处，永远有一个隐约的痛处——不知母爱之珍贵，母爱永远是一个少年的梦。

因我是一个顽皮少年，活得很糊涂，就连母亲逝世的具体时辰也不记得，只记得我在梦中被吵醒。因为家里楼下的睡房有很多跳蚤，我生性胆大，就睡到厅堂二楼的木架上。木架边上有一副我爷爷为自己储备的大棺材，油黑发亮，一般孩子见了就跑，不敢上我家二楼去玩。

我睡眼蒙眬，循着哭声走下楼，就看见我的姐姐、哥哥、父亲都在痛哭，嘴里说着一些祈求我母亲不要离开我们的话，十分凄惨。哭声引来了同村很多人，有热心帮忙的，有看热闹的，围满了整个厅堂，氛围黑压压的，似乎我家要大祸临头，让我感觉十分蹊跷和不安。

在母亲的房间里，不时传来母亲痛苦的呻吟，还有人大声叫唤："搭把手呀，抬起来，推上点！""让开点，垫上被子，还在流着血呢！"好像要把我母亲打包，急切地送走。气氛既吵闹，又很恐慌，房里还散发出一股血腥味。

我那时还不知发生了什么事情，站在楼道上看热闹，傻傻地目睹我的家乱成一团糟。

村里平时有爱心的人，全来帮忙了，有人大声喊道："快，快，要赶快，送县医院去，救命要紧！”

在一片慌乱声中，我母亲痛苦的呻吟声越来越小，我记得这是我人生最后听到母亲的声音了。据我二姐说，当时母亲对她只说了一句话：“照顾好弟弟和妹妹哈。”可怜我的母亲，估计当时因为痛苦而昏迷不醒了。但母亲最后留下的那一句话，一直让在京城的我弟奉为“遗嘱”，弟弟那年才 4 岁，每每回忆此事，他几乎哽咽。

众人用一张竹子睡椅，临时改做了担架，把我母亲架着，抬出了房间，拥出了厅堂，走过村口的田间小道，沿蜿蜒的乡间泥路，奔县城而去。

我年幼的姐姐们哭着，喊着“嗯妈，嗯妈”，一直追到村口。可我无动于衷，一不会哭，二也没说什么话。平日里我像只顽皮的小老虎，此时却像是个“死皮狗”，发不出半点叫声。为此，我痛恨自己至今，关键时候怎么就不行呢。

等到天亮，从县城传回消息，说我母亲属于难产，生下我最小的弟弟后，胎盘没有下来，因流血不止，在痛苦的喊叫声中停止了呼吸。而我刚开始还难以接受母亲去世的事实。

直到天亮，我照常去牛棚放牛出来，刚走到村口，远远望见一群人，推着一辆盖着被褥，显得十分臃肿的沉重板车，朝我村慢慢走来。那群人低着头静静地往前走，显得低沉和悲哀。

母亲的尸体被运到村口对面的“魂山”便停下了，说是怕我父亲见着会悲痛万分。整个村子的气氛，骤然凄凉了许多，乌鸦在村后的大苦楝子的树丫上零星地哀号。我家老黄牛老是抬头顾盼，也不怎么吃草。但在我父亲的坚持下，大家还是把母亲的尸体运回家来安殓。我家门口的大黑狗，对着为我母亲抬尸进屋的人乱叫，显得十分凶恶。

此时，我才真的意识到自己失去了母亲，一股酸楚的滋味涌满我的眼眶。我从此感觉自己和别的孩子不一样了，人家有妈妈，可我没有了。我是村子里最可怜的孩子，没有了打架、调皮的资本，也没有最疼爱我的人呵护了，感觉自己就是个流浪儿。

母亲离开的那年是41岁，梳着短发，穿着从右边腋下对开的灰白衬衣，眼神凝重，满脸慈祥。不知何因，出事前一天，父亲说给我母亲庆祝生日照张相，哄我母亲开心，拽着我母亲进了照相馆。谁也没想到，结果那张照片，竟成了我母亲的遗像。

母亲难产也是难以预料的，母亲那年已经生养了7个孩子，加上最小的弟弟，刚好8个。谁会想到每次顺产的母亲，在最后关头却出了问题，是天意，还是命运？每次我在祭扫母亲的墓地时，总有一种隐隐作痛的伤感，幸福从小就离我遥远，也正因我长久地缺失母爱，所以才激发了我向命运抗争的斗志。

我从小失去了3位亲人，除了母亲早逝，还有一个在我之下的妹妹，叫“美花”。在6岁的时候，妹妹去水塘边洗一个弄脏了的棒棒糖，不小心滑落水里，不幸淹死。当时母亲刚从地里劳作回来，到处寻找妹妹，呼喊妹妹的名字。等到妹妹的尸体被人发现漂浮在水塘上，母亲便像疯了一样地哭喊，但被众人劝住，最后还是晕倒在水塘边。美花妹妹夭折后，按风俗最后用草席裹尸，埋葬在狮子岭脚下的一排大杉树下，这也是通往母亲墓地的必经之路。每次扫墓，我都少不了在此停顿片刻，心念我妹妹的在天之灵。

说到最小的弟弟，他“克”了我母亲的命。在我母亲去世之后，没多日，他就被托付到和桥村一户没有生养的人家里收养。那户人家很富裕，应有尽有，精心照料我弟弟。除了天上月亮不能摘下来喂给我弟弟吃，什么好东西我弟弟都吃过，因此他长得白白胖胖。收养人家希望我父亲有空去看看弟弟。我父亲如约而去。不久我弟弟因食用太多豆浆汁，肠子消化不畅而夭折，传说是我母亲把我弟弟“带走”了。

母亲是客家人，成长期随外婆辗转于好几个偏远的山村，因而母亲具体出生在哪里，现在我也没搞清楚。不过，我母亲和我舅舅同姓，舅舅住在望烟洞村时，就跟着同宗姓“李”，住在天坪村时，就跟着全村人姓“廖”。

母亲名字为“菊梅”，别人叫起来很好听。我的印象中，母亲的姓一直称呼“廖”，“廖菊梅”感觉上也比“李菊梅”更容易接受。现在母亲的墓碑上也是刻着“廖菊梅”，习惯上更亲切。

母亲年轻的时候，跟着外婆迁徙，住在离我家不远的宫背冲村，那里的人全姓“廖”。不知因何，母亲当上了我们村的“赤脚”医生，是个半医半农的村姑。母亲年轻时很亮眼，为人热情，又很活跃，常背着一个有“红十字”的药箱，爬山过坳，风雨无阻，为十里八村的乡亲们看病，打针。

那时我们村小学和村医疗所，是同在一个大队部办公，就是同在一栋两层楼瓦房的一楼。我父亲是“赤脚”老师，也是半教半农，且能说会道。“赤脚”医生遇见“赤脚”老师，应该属于“物以类聚，人以群分”，彼此之间很容易接近。单纯的母亲，被我父亲的“三寸不烂之舌”打动了心，后来陆续就有了我们这群孩子。

（文 / 敖古）

念母爱（二）

题记：第一篇《念母爱》主要写我母亲难产仙逝，我年幼无知，不知悲痛，歉疚半生。可能是因我命运可怜，唤醒了大家对母爱的眷恋，使读者产生了一些共鸣。其实，在五月的母亲节来临之际，我更多地想留住我少年时对母亲不多的记忆，守护那份养育之恩的拳拳深情。

我小时候是个典型的顽童，长得胖墩墩，虎虎蛮气，脸色红扑扑，细皮嫩肉，村里的大人老喜欢揪我脸玩，我比一般孩子多讨了一些喜欢。

但我从小就有个性，总爱哭着坐在地上不起来，哪怕是冬天，地上很冷，我也要撒赖。我经常用哭声来征服我母亲，让我母亲满足我很多无理的要求，因而我就能得到比我哥哥、姐姐更多的好处。

老家属于穷乡僻壤，我家因为孩子多，更是属于那种“穷不怕”的家庭，对待“苦难”，总有办法。因为缺粮，母亲想到了一个喂养孩子的办法：早上熬粥，中午让我们吃红薯掺饭，晚上才有纯米饭吃。

我很喜欢吃老家那种“酒糟粥”，母亲用做我父亲爱喝的那种米酒剩下的酒糟，再加一些白米，煮熬成粥，就是我家的美味早饭。这种粥即使不放糖精，也很香甜，尤其是冷却以后，喝起来更爽口。我每天一大早就出去放牛，父亲还规定了牛不吃饱，我不准回来喝粥。

记得有一次，我回来晚了一些，我的粥碗不满，我硬要母亲从姐姐碗里扒一点粥过来，母亲不同意，我就坐在厅堂的地上哭着，撒着赖。父亲知道了，就说不要搭理我，甚至要动手惩罚我。母亲拦着父亲不让打，但是我的哭声不仅不停，还装得十分可怜，而且声音拉得更高、更长，母亲奈何不了我，不得不重新再给我熬粥。后来我这一套，还影响和“带坏”了我弟弟，我弟弟也每次这样赖着，哭着要粥喝。

老家的秋天，山岭野外几乎是一片枯黄。对于幼年的孩子来说，田野就是乐园，田野里到处都好玩，我们哪里都敢去。这个季节没有蛇出没，因此孩童们的胆子都很大。家家孩子就像野放的牛，大人也放心，我们这些“野孩子”在田野里追赶，在沙洲上点火玩，大人也不怎么管教。

我从小对“火”很感兴趣，身上经常带着火柴。放牛的时候，同伴们喜欢点一堆火，煨烤秋天没有收割干净的红薯、芋头、黄豆等。有一天，我和几个玩伴比点火柴的速度，看谁更快点着茅草。在我们村后山的砖瓦窑附近，有一堆房子那么高的茅草被我们不小心点着了，燃起了熊熊大火，大家四散逃命。白天我们一直躲在沙洲上，遥看全村的人在大声叫喊，在一片烟雾弥漫和混乱中灭火的情景。我们知道闯下大祸了，今天回家谁也免不了父亲的一顿皮鞭痛打，一个个战战兢兢地躲在沙洲上的芦苇丛里。

我母亲和其他孩子的母亲都来沙洲寻人，大声地呼喊着我们的名字，但我们谁也不敢作声，都知道母亲是不会打我们的，但就怕她把我们的藏身地告诉父亲。熬到夜晚，有几个胆小的孩子，被黑夜吓得跑回家去，一进家门就被他们的父亲按倒在地，一顿鞭打。我在远处听见同伴被挨打的痛哭声：“哇呦——哇呦——我再不敢玩火了——再也不敢了——”

声声惨叫，说明打得很凶，让我心有余悸，不敢贸然回家，但沙洲黑夜不见五指，偶尔听见夜莺几声怪叫，似有鬼魂出没。我又不得不潜伏回到我家院外，偷听我父母对话。

父亲责怪我母亲：“就是你宠坏了敖古（我的乳名），这么小就敢到处放火，以后长大了还得了啊！今天非打他个半死不可，不然怎么向人家的茅草交代？”

我母亲在劝我父亲解气：“不要叫得这么大声音，敖古听到了哪里敢回家？不过是一堆烧瓦窑的茅草，我明天去山上砍就是了，赔人家茅草还不行吗？”

父亲说：“你现在怀着喜事（怀着我弟弟），怎么去砍茅草啊？我今天就是要狠狠地打，敖古太调皮了，非要‘镇压’一下。”

父亲不停地骂骂咧咧，母亲不停地劝和，姐姐们在村口，到处呼唤我：“敖古——敖古——回来吃饭哦——爸爸不打——”我知道这是姐姐们在哄我回家，我才不会上当。

我一贯机灵，这一下发挥了作用，我顺便爬过我家的围墙，又爬上我家门口那棵高大的柚子树，一个个硕大的柚子散发出沁人的香味，柚子树的叶子又大又绿，晚上远看是“一团黑”。我就潜伏在这“一团黑”里，看着我母亲和父亲就如何教训我争执。我母亲看着屋外漆黑一片，还不见我回家，就哭着央求我父亲：“你今晚不要打崽，不要吓得敖古不敢回家。”

我在暗处看得清楚，为了不让深爱我的母亲操心，也为了不让大姐在村口“打号”，我就在树上发出一声“猴叫”，刚好被二姐听见了，她惊叫：“敖古就在院子里，我听到敖古‘哦’了一声。”

我姐姐、我母亲就在院子里到处寻我，但不见我踪迹，母亲就又叫姐姐看看我是否躲藏在鸡窝里、牛栏里。父亲听见我回家了，要打人的气势就更高涨了，吓得我紧紧地抱着柚子树干，不敢妄动。

过了很久没找到我，母亲和姐姐就怀疑听错了声音，又到村口去呼喊。她们一边叫给邻居听，一边又在窃窃私语：“敖古没有回家吧，院子里怎么没见人？”于是我又第二次“猴叫”一声，这次母亲确信无疑，知道我就躲在院子里。

知子莫若母，母亲知道怎么样我才会出来，于是她进入厅堂和父亲进行了一番讨价还价，终于说服了父亲不打我。随后，我父亲来到大门口，对院子小声地说："敖古你出来，天黑了，爸爸不打你了。"又似乎生怕被邻居听见。

爸爸站出来说的话，我很相信，因为他是小学老师，教育学生不能说谎。我急切地回应道："爸爸，我在柚子树上哦。"

母亲赶紧跑到柚子树下，求我小心"扒"着树干慢些下来，生怕我摔跤。等我一落地，母亲接过我，揽在怀里，轻轻地拍打我的后背："崽啊！你怎么躲在树上啊？你让妈妈好担心，没有被吓到吧，下次不要晚上爬树了。"

由于顽皮，我经常有惊人的表现。在树前村小学读三年级的时候，小学教室与我家窗户隔着几米远。有时候上课铃响了，放牛晚归的我还在家里喝粥，来不及弯到村口再去上课，于是就爬我家窗户出，爬小学窗户进，被老师点名批评了几次。这个还不算惊人之举，有几次我下午逃课去游泳，因为要去很远的邻村河段的深潭戏水，书包就丢弃在我家菜园里，有一次被母亲捡着了，但母亲没有告诉父亲，不然我又要挨整。

因为贪玩而荒废学业，那年我数学只考了 4 分，其实计算题只得了 2 分，老师说看我卷面干净，又加了 2 分。结果我被父亲痛打了一顿，母亲护着我说："敖古还小，又不懂事，不会打坏脑筋的。"她硬是和父亲纠缠，吵了一顿猛架。

第二年开春，父亲把我带到他任教的那个华村小学读书，父亲还特意来教我这个班的数学，安排我坐在第二排中间的位置，让我调皮不得。我数学题做不出来就要挨打，做出来才可以吃饭，吃饭还不让说话，导致我长大以后，倒是有好多话要说。每天早上还要憋着尿练毛笔字，说是"童子功"，我现在爱好书法，可以归功于我父亲"严师出高徒"的教导。

我平时住在华村小学不回家，与父亲同吃、同睡，还爱上了吃狗肉。父亲和小学的几个老师，喜欢"搭伙计"，即筹钱自己去买"狗崽"，做成十分地道、类似“永新狗肉”的那种狗肉。因为实在好吃，我经常吃得流鼻血，母亲知道了，就抱怨父亲没有带好我，生怕我老吃狗肉流鼻血，十分担忧我发育不良，于是经常来看我，带点家里做好的菜，其实那时候也没有什么好菜，就是一些豆腐乳、萝卜干、腌菜等。

因为跟父亲学样，我现在“落下”一个好吃狗肉的习惯，甚至还遗传给了我女儿。每当吃到狗肉，我都会回想到母亲对我的爱护，觉得愧对母亲给予我的关爱。

（文 / 敖古）

山里摘油茶

去年，南昌的冬天很暖和，似乎还是秋末的天气。周末去梅岭登山，偶尔能遇见几棵和我家乡一模一样的油茶树，我甚是惊喜。绿油油的叶子透着清香，青红的油茶果，结实而亮堂。但因为这里是梅岭，山茶树和它的硕果只是观赏的风景，禁止采摘，所以也没有遇见采摘油茶的乡民。

见过油茶树后的几天，我脑海里一直有些家乡的油茶树的影子。“城里不知季节变换”，此时也许正是家乡采摘油茶的时候。生活在城里久了，思绪也常把我带回家乡的山野，让我回想起年少时的一些趣事。我记得在暖冬里陪着大人们，进山去采摘油茶，可是一件相当快乐的事。儿时玩伴们可以在山林里嬉戏、打号（乱喊乱叫），爬树摘果，比试本领，有着猴子般的快活。

我家乡在罗霄山脉中段的丘陵地带，属于能接触暖湿气流的区域，山土肥沃，山脉绵延百里，绿野茫茫。每年油茶结果都特别多，挂满枝头，硕果累累。

每次进山去采摘油茶前，姐姐都会为我准备一身破旧的衣裳，供我爬树时穿，意思是即使衣服被挂扯坏了也不要紧。家家的孩子几乎都这样，一个个像“小叫花子”，学着大人的样子，穿得衣衫褴褛，背上一个竹篾筐，手捏一根木丫钩子，跟大人进山去采摘油茶。

家乡的油茶几乎每年丰收，在暖冬季节里，也是到了收获的时候，山林间漫山遍野都是人，村村的男女老少，几乎都去山里采摘油茶。原来在我家乡，比哪家更富裕，就看哪家二楼储藏间里的稻谷有多少斤，油茶有几缸。所以村村户户，都把油茶看得很重，一般村与村的油茶山以山岭的分水岭或者山路为界，但户与户的油茶林就只能两户约定，以上下那几棵树为界。

油茶不分村不分户，都长得像小鸡蛋一样大小，青红发亮，谁采摘就归谁。很多人家来不及采摘，就在山岭高处搭个窝棚，像守着“西瓜地”一样守望丰收的油茶。采摘的人，有时看着别人家的油茶多就眼红，故意过界攀上别人家的油茶树上采摘。一旦油茶树晃动起来，很容易被守望的人发现，于是就会有人大声喊叫起来：“谁摘我家油茶啊，谁不要脸啊！”偷摘油茶的人，自知理亏，往往是闻声落荒而逃，如果主人追来，不仅要夺回油茶果，说不定还要发生纠纷。

记得有一次，暖阳高照，我们一群玩伴兴高采烈地上山去“捡油茶”，故意跑到与我们相邻的石壁村的茶树山上“打劫”，被他们瞭望哨发现了。结果人家很团结，早就预设了“伏兵”，把我们吓得钻进荆棘丛林，误入山谷里的沼泽地，弄得一个个满身的泥巴水，落荒逃回我们村的山林里，人家见状才肯罢休，不再追赶，吓走就算了。

那次“偷摘”和“惊吓”，全因为我们树前村小学布置什么“勤工俭学”任务，要求学生周末回家去采摘油茶。按一年级到五年级不同的年龄，每人至少要上交 2—5 斤油茶籽给学校，就算是完成“勤工俭学”任务。不知道谁出的主意，学校只收油茶籽，不收油茶果，油茶果剥壳后就叫油茶籽，一个小学生要弄几斤油茶籽，也不是件易事。有些学生偷懒，不去山里“捡茶籽”，就直接从家里的一大堆油茶籽里，装几斤交到学校。我属于贪玩的孩子，刚好有理由，也乐意去山里耍闹，去攀枝采摘油茶果。

当年，我读的树前村小学规模不大，每一个年级只有一个班，一个班有 50—60 人，总共有 300 多个学生，学校每年至少可收到 1500 斤油茶籽。油茶籽就晾晒在学校的大操场上，晒得油黑黑的一大片，油茶籽用木棍条子围挡起来，让我们做不成操，也玩不了“对垒踢毽”比赛（很像羽毛球比赛）。那些收集来的黝黑的油茶籽，算那时村小唯一的校产。油茶籽在晒干之后送去榨油，能榨出几缸喷香又熏鼻的茶油，让我们上课的时候都能闻到。村小因在我家背后，周末小学的厨房里偶尔会飘出烹饪鸭子或狗肉的香味，让我至今想起来，嘴里都会流口水。

等我读到大垄中学，学校的前身是共产主义劳动大学，校产很多，有稻田、油茶林，养猪场等。初三毕业那年，稻谷和油茶是丰收年，学校发动全体学生上山采摘油茶，下田收割稻谷。我很不幸运，我所在的那个班，被分配去割稻子，我还不小心割伤了手指，流了很多血。那些分去采摘油茶的班级学生，认为爬树摘果是求之不得的好事，个个雀跃，都很快活。令人安慰的是当时大垄中学杀了两头猪，犒劳我们这些辛苦的“割稻工”和“采摘工”，我记得我分到两块大肥肉，盛满一大盒白米饭，饱食了一顿。

家乡的油茶一般是暖冬时采摘，寒冬时榨油。油茶全身都是宝，油茶籽可榨油，油茶壳可做柴火燃料，用来做饭、烧水，烘烤红薯、芋头。在榨油前，要晒开坚固的外壳，然后人工挑拣出油茶籽。在寒冬季节，一家人其乐融融，围着火炉，挑拣油茶籽。我小时候经常看见大人们，晚饭后借着微弱的灯光，辛苦地挑拣一个个细小的油茶籽。因为我要上学，我的姐姐们就包揽了这些活。

我记得有一个邻居玩伴，他本来不喜欢读书，有一天结冰霜，他很羡慕大人们在家围着火盆挑拣油茶籽的舒服，就不愿意去上学。他父亲就鞭打他，他一边哭一边走，嘴里说出几句惊人的话：“你们都很‘刁’，这么多人在家烤火、拣茶籽，派我一个小孩去读书，我不去。”这句“名言”至今还在老家流传，人物也还能对上号，不过这位玩伴自己也觉得这个事已经演变成了一个笑话。

如果采摘油茶算是好玩，那观看榨油场景就更是有趣。我家乡的那个老榨油坊，至今只剩下一个残存的旧址，只有那个水车轱辘还有点老痕迹。去年春节回家，去林丫村走亲戚，在他家建的三层洋房里做客，该房子就在老榨油坊的边上，我情不自禁地瞻仰了一会儿老榨油坊。想起我们小时候，跟着父母挑着沉甸甸的油茶籽，赶到这里榨油，前来榨油的人很多，要预先排队。榨油的第一道程序是烘烤油茶籽，然后把油茶籽倒入水车磨坊的巨大圆形槽轨，启动一个巨大的钢轮，围着圆形槽轨打转，就像驴子拉磨一般反复进行细细研磨。

我很喜欢看榨油师傅一个榨油的“发令”动作，他轻轻地拨动水车水槽闸阀机关，榨油坊后水渠的一股不大不小的水流，就直冲水车，水车转动起来，带动磨坊的铁轮咕咕地转圈，我就骑在铁轮的横梁头上，跟着转起来打圈，像在犁田，又像是在迪士尼乐园“骑旋转木马”游戏，会有些头晕晕乎乎的，但我非要玩够了才下来。

在榨油坊里，我还喜欢听榨油工发出的，狠劲榨油的山歌号子（喊声）。在榨油进入到最后阶段，要加木塞，然后大家需要齐心协力，扶着一个悬挂的，有两三米长的圆形“大木槌”，嘴里齐声喊道：“哼——嗨——哟——哼——嗨——哟——”声音一落，木槌“叮当”一声，敲击木塞，塞进榨油巨型圆木槽，挤出剩下不多的茶油，让人觉得油茶十分珍贵。

油茶籽榨完油，剩下的是油茶籽渣，被挤压成枯饼，枯饼的功用有很多：一可以做燃料，当作木炭烤火取暖，是冬天最耐用的“木炭”，火苗保持时间长；二可以做肥料，种菜、植树最适宜，哪棵大树叶子枯黄了，在树下挖一个小坑，埋上一些油茶枯饼，保证来年树叶茂盛。

很久没有闻到过家乡的油茶香了，但在南昌的小巷里，能偶遇油炸摊子，南昌的油炸粿我原来是喜欢吃，但越吃越想念家乡油茶炸的米面粿子。每年过年，老家的家家户户都要用油茶炸鱼、炸肉、炸油豆腐、炸米面粿子。无论贫富，都要准备过一个“丰盛”的大年。大年三十油炸粿，大年初一来拜年，小时候大年初一我们都要结伴去拜年，兜里装满各家爱吃的油炸粿，回来细细品味，看哪家油炸粿油多，自然好吃，哪家小气，油炸果没有油茶香味。离开家乡几十年，家乡的油茶树依然葱绿，我回家的路上还能看到朵朵缀满白色油茶花的油茶树林，闻到飘散几里地远的油茶香，走进油茶林，偶尔能遇见几只小蜜蜂在我身边飞舞，蜜蜂还是那样勤劳，不停地在油茶花花蕾里采着蜜。

我回想起家乡油茶树的趣事，至今也有些“变奏曲”。比如据我大虎哥讲，现在树前村小学撤销了，原因是数年前村小招生，报名读书的孩子只有 4 个，但老师都不止 4 个。大虎哥说：“难道教小学生就像大学教授教博士生不成？”所以，村里的孩子去了县城读书，县城的孩子又去了更远的吉安读书，这好像也是城镇化的表现。家乡门前的小河，也不如从前那样水旺，只剩下涓涓细流。乡友们告诉我，现在田里、河里几乎也没有鱼，甚至连养鱼塘都没有鱼，养鱼的人都去了广东打工，直接寄钱回家。家里父母亲请客，红白喜事，直接去县城菜市场买鱼。山上油茶林也不见当年漫山遍野采摘的人群，现在有些富裕的人家，都吃上了精炼油。

我家乡于 2013 年 10 月 28 日开通了井睦高速公路，公路就从我小时候采摘油茶的那几个山坡经过。家乡油茶树，土产盼致富。写到此，我盼望早日回家去，看望记忆中的家乡油茶树。

（文 / 敖古）

村上的古井

我想说的那口村井，是记忆深处的一口古井，它现在还静静地守望在村里。两年前我回过一趟老家，发现古井上面盖着一个破损的打谷机，因长期没有人来此提水，看样子是防备“人”和“物”意外落井之用。

村上那口古井还是那个老样子，麻石与麻石间的石缝里，还是有些深绿色的青苔，经过百年使用留下的石上凹槽，依旧白白的溜光，湿漉漉的水灵。

饮用这井水的人们，一代代地从这个村走出去了。现在村井周边只剩下一片老屋，青砖碧瓦。还有几位守村的老人，还有零星的清脆犬吠声。我每见着这井，难免浮想联翩。

关于村上何时有这个井，据初步考证，应该是建村之时开凿的，大约在清末或民国初年，故称“百年古井”，一点也不虚夸。与村井同时开凿的还有古砖窑，现在早已埋藏在地底下了，只有刨挖才能看得见痕迹。

那口村井就在我家老宅西屋檐下 5 米开外。从我记事起，村井就是大人经常警告和吓唬小孩的地方，禁止孩童们靠近，生怕有人掉进井里淹死。所以我现在看似胆大，但实为谨慎，与从小被村里古井吓怕了的经历也有关。

说起古井吓人，确实名不虚传。外村的孩子也不敢轻易来观看我村古井。因为井大而深，一眼望去，有一个大八仙桌面大的口子，长宽各约有 1.5 米，深约 5 米。井像一口深深的黑洞，站在井边，可反照见井底一个小人影。倘若抛入打水桶，人影瞬间晃动，变形，扭曲，十分吓人，我们小时候称之为“鬼影”。

其实，古井是村上最吉祥的地方，从来不伤人、害人。印象中没有谁在井边摔过跤，落过井。所以我们读小学时就开始胆大起来了，个个都学会了从井里提水。农忙季节，帮助家里到井里提水，菜园摘菜，厨房做饭，等着劳作的父母回来共享晚餐。

因为小学生个子小，在古井打水的时候，大木桶只能沿着井边，贴着石壁提上来。如果一不小心把木水桶的铁箍子刮脱，木水桶掉进井底，就是件很麻烦的事。

但我们有应对办法，用一根晾衣服的长竹篙，头上捆绑一个铁丝钩，伸入井底用钩捞铁箍。每逢此时，看热闹的人就很多，七嘴八舌，方显古井生机盎然。

有时候，提水的木桶脱箍散架了，几片木桶片掉入井里。这时用钩子捞不起来，需要有人下去捞起来，往往要有大人到场，叉开两腿，伸张两手，像个“大”字，踩着，攀着两边的麻石缝，逐次下井，再上井，才能捞起井底失物。

这个上下井的动作，在每年一次的淘井活动中也用得上。记得每年淘井，各家派一个劳动力，提个水桶来集体淘井。你一桶，我一桶，不停地提井水，一下井就见底了。井底有孩子扔下的顽石，也有脱落的生锈铁箍，有小鱼，有时也有青鱼、乌龟等。这时候村里需要一个勇敢的人，叉着手脚，像一个“大”字形，攀踩石缝，下到井底，完成打捞和清除淤泥的任务。每逢村上淘井，全村观看，热闹非凡，就像赶集。

一方水土养一方人，一方古井酿一方美酒。

春天的古井水纯正可口，是家乡酿酒最好的原料。每年立春后，我的“酒仙”父亲，会请我奶奶、母亲一起帮忙，酿几坛春酒。用大木桶蒸上白白的糯米，再用古井水冲灌。待凉下来后，让古井水与糯米一起发酵，经过数天时间，酿成新酒。过几天，可再用古井水去蒸干酒糟，酿成香醇的高度白酒。我的家乡是稻乡，自古传下来就会酿酒，加上有上等的古井水，酿酒便成了村上的乡风，成了村上家家户户争相酿制春酒的民俗。

夏天的古井水清凉宜人，家乡的盛夏时节，蝉鸣不歇，在既没有电扇，也没有空调的乡村，最好的办法是用古井水冲凉。我从小时候起，在酷热的中午或晚上，就常在古井边冲井水澡。有老人提醒说，年轻人要注意哦，年老了要得痛风病。但我那时年轻，也不怕什么病，就这样养成了冷浴的习惯。后来，我上中学、大学，过寄宿生活，也没人提醒，就一直习惯冷浴了。近日，有医生告诉我说，冷浴有好处，有助于血液循环，有益于健康，有益于保持容颜，难怪我至今还是一张不老的“娃子脸”。

秋季是家乡收获的季节。红薯干是家家户户必制的特产。在水塘里洗净一箩筐红薯，刨成红薯片，再用上好的古井水，置于大锅里煮熟，再把熟红薯片打捞出来，放在户外草席上，让太阳晒干。锅里剩下的热腾腾的古井水，全成了蜂蜜似的红薯糖浆，香甜可口，至今想起来，都想吃上一大碗。

冬天的古井水温暖，冒热气。冬季是家乡人家制作冬笋、腊肉的时节。从山里挖来的冬笋，要用古井水煮熟，再用温井水冲凉后，悬挂在户外，让太阳慢慢晒干。年关将至，有的富足人家，要杀一头大猪过年，也要用古井水烧开水，刮脱猪毛，用温井水洗净五脏六腑。再用盐巴来腌制腊肉、腊猪肝，灌制猪香肠等美味年货。

过去，全村共饮一口古井水，古井成了全村人的生命源泉，养育了一代代人。现在睹物思人，饮水感恩，古井慢慢成了人们的记忆和乡情。

如今，村上各户，赶上新农村建设步伐，均用上了自来水。各户自打了水井，装了水泵，井水从地下抽到了屋顶，通过水管压下来，也成了乡村自来水。储水桶、提水桶、水勺都是塑料制品。古老的打水木桶也成了稀罕物，被藏之楼阁，成了古董。

我看见冷清的村上古井，已觉物是人非。

为此，有人呼吁：一要保护，二要修复，三要增设护栏和石碑。

村上古井，时代印记，社会发展，日新月异。古井是村上人的根，更是村上文化的标志。留下村史记忆，是弘扬乡村文明之道，也是当前乡村振兴的一部分，可大有作为。

（文 / 敖古）

家乡的老屋

游子归心路匆匆

最近，老谷子不知何因，老梦见老家的老屋，那栋静静的老屋，仿佛很远，又仿佛很近，有关老屋的思绪总是如潮水般涌动不歇。

现在是凌晨五点，老谷子住在老县城的他姐姐家，不知怎么地在酣睡中醒来了。这里没有乡村的鸡鸣，宁静得很。呼吸着小县城的清新空气，听着低吟的草虫声，老谷子仿佛回到二十七年前的早晨。

在老谷子人生奋斗的记忆里，县城高中三年苦读的经历最值得回味，是他一生的“黄金阶段”。当时老谷子给自己定下一个紧箍咒：“推磨一阵子，收获一辈子。”于是，老谷子每日“闻鸡起舞”，珍惜每一刻青春时光，下定决心，苦读一番，破釜沉舟。在当时的学子心中，只有考上大学，才能从这里走出去，看看外面的世界，才能走向远方，用知识改变命运。

昨日，夏阳高照，热浪滚滚，老谷子驾车狂奔四百千米，单行而归。下午三点离开省城，夜晚七点到新县城，吃着想念中的老家桂皮烧鸭、米粉肉，嘴边流着油，眼睛看着电视新闻。饭后与中学挚友、老同学们一边散步，一边闲聊老家的变化。

大约八点半再赶往老县城，老谷子的汽车从隔壁县的崇山峻岭中驶出，抄近道兜转迂回，到达老县城已是夜晚十点。老谷子抄近道兜转迂回老家，今次是第二回。

前年冬天，老谷子的父亲病情告急，老谷子念父心切，急不可耐。老谷子晚上八点从省城出发，一路南奔。下了高速路，经过“西坪”大群山，翻越天鹅岭，弯走“茂坪”林区山路，路途陌生，漆黑一团。

老谷子在山里打开车的强光灯，驾驶在一条颠簸的山路上。因带上一位小伙子开车，老谷子记忆中没有“怕”的感觉。终于在半夜两点左右，赶到老县城医院，老谷子才看到病榻上痛苦的父亲。对老谷子的到来，老父亲似有无限安慰，但老谷子的心里早已五味杂陈，久别的父子对眼凝视，百感交集，一时难以倾诉。

而今，又逢假期回家探父，虽不急切，但老谷子选择下午回老家，实在是出于无奈。在汽车普及的年代，大家为回避高速路上的拥堵，都选择了下午从城市出发，夜晚到乡村的老家。远在广东的老谷子妹妹一家，这次回家，也是选择夜晚从深圳出发，凌晨四点到家。

姐姐对老谷子说：“你真是胆大，大白天走那条路线回家，一个人开车都有点害怕，何况晚上。”老谷子现在回想起这事来，还真觉得有点神奇。

隔壁县的那个叫“烟壳山”一带林区，属于罗霄山脉中段的原生态山区，接近原始森林，昨夜老谷子就开车经过那里，跑了几十里山路。开始路边没有任何标示，老谷子试着走了一段，夜幕中才发现路边有两排老树。再走一段，在车灯照耀下，才看见了一块“壳烟山”的小路牌。

老谷子心里虽有底，但黑夜令人胆寒，两岸高山相对沉沉，此时心里很有些压力。虽开着车窗透着润肺的空气，但山林间偶尔能听见兽叫声，老谷子似乎有些胆寒。因车速快，不时还有怪影恍惚，捉摸不透。老谷子只好开着摇滚音乐，同时一路大声唱歌，来驱散内心的恐惧，获取勇气。

待车正要爬坡之际，老谷子的车被另一辆“快车”拼命追赶，老谷子也坚决不让超车，生怕后车内有歹人，要赶到前面来劫车。没想到，那辆车到了前面一个村口就不追了，凭借微弱的村口路灯，老谷子才知那是一辆“的士”车，夜晚的林区山村也属于出租车的服务范围。

儿时记忆话沧桑

老谷子的家乡坐落在“黄洋界”的山脚下，据说出生在大山里的人，出门不知怕，胆子也就大些。小时候，老谷子每天早上在沙洲上放牛，抬头望见“洋山界”的黄土和电视转播塔，低头看见发源于“洋山界”深山沟里，流经三个乡而来的清清河水，一直蜿蜒到老县城，这条小河自古就称其为“龙江”。

因为老谷子生长在这条江旁，所以他永远爱唱那首《家乡的小河》，这首歌的歌词是这样的：“我的家乡有一条小河，有一条小河，从我亲人门前静静地流过，静静地流过……”老谷子经常喜欢用民族唱法，深情地演唱这首歌，这是他获得掌声最多的一首民歌。

老谷子出生的那个村庄叫凹背村庙口组，其实凹背村是另外两个大村庄，因为老谷子的村子小，就随了它们统称“凹背村”了。但在老谷子心里，庙口村是“统治”那两个大凹背村的，因为原来的大队部和现在的村委会一直设在庙口村，庙口村后面还有村小学、卫生所。

而庙口村正处在“龙江”上游十余里“冲积平原”处，坐南朝北，依山傍水。村口埂上有一排巨大的樟树，樟树包围着村落，村里还有一口深深的古井。这里自古以来，就流传着很多传奇的故事。

庙口村西边是“八面龙”丁字路口，古时是一个小集散地，也是人声鼎沸的地方。原来有一排木板门结构的古老门铺店，现在都改建成了新农村的一排房子。

老谷子的爷爷名叫“麻仔”，小时候常去“八面龙”看热闹。爷爷虽然作古了几十年，但老谷子心里，爷爷好像还活着，常能想起爷爷讲过的一些从“八面龙”那里听来的故事。

庙口村右边是“堂前村”，那里有一座汉代建立的章氏宗祠，门廊巨柱上方有“助国平定侯”五个黑体大字，横刻在大木匾上。

但也有另一种说法，传说唐朝总兵章卿有一次战败后，骑马而来，马进了古时“堂前村”一带的“竹子林”，人困马乏，不愿前行。“竹子林”有一户姓朱的人家，生有一美丽女子，收留了章卿，他们世代繁衍，成一方章氏大姓。同时，也带动姓朱的人家人丁兴旺，发展成了一个叫“朱旺”的村，村民世代与章氏联姻。

现在这座大祠堂，重修于清朝乾隆年间，雕梁画栋，彰显凹背村一带“章氏”大宗祠的气派。在罗霄山脉五百里范围内，甚至更远的地方，包括隔壁县“后盾村”的“章氏”后人们，每年均来此朝拜祠堂和祖坟，纪念先祖。

庙口村朝北望去，两边山岭对开，北边的田陌，十分开阔。西侧有“慈狮岭”，形似一头巨型“卧狮山”。

庙口村正北方向，有一无名小山包叫“魂山”，山包上有古来残存的瓦砾、砖墙、墓穴。那里现在有人种了些“水红梨”树，但因缺土壤、缺肥，那些水红梨树长不大，从来没有结过像样的果子。山包上的两棵巨大古樟，穹形树冠，常年碧绿，但也好像生长缓慢，数百年来，历经沧桑。以古樟树为中心的水田，弯曲杂垄，层层叠叠，世代滋润着村民。

顺着庙口村朝北的滔滔河水而下，不远的丸里村一带，石岗山临河蜿蜒，一条绝壁石路穿梭于巨樟林下，在风水最好处设有仙坛，至今还保留一个简陋的小庙，四季香火旺盛。

老谷子听老人们说，民国初年，有一外姓的大户人家看重这里的好风水，想选此地为墓地。但章氏族人群起抵制，一呼百应，一夜间建起一座大庙，取名为“一夜庙”。

小庙前有一条弯弯的麻石板小路，与巨石相间。就在那块格外倾斜，又爬坡的巨石上，有人特意开凿了七个半踏步石，每一步都要看着走，否则容易摔下去。因为要认真数着步子，才能顺利走过，所以自古以来就形成了“章氏”认祖归宗的暗号，此石也被称为“章氏”的“七步半”石头坡。

爬过一小坡就是“章氏”始祖陵墓，陡坡下就是土话叫的“鲤鱼行”，是流经这里的“龙江”形成的一个大回水湾，意指江水里的鲤鱼会跳龙门，是吉祥之地。

据老谷子的爷爷说，这里山间平地上曾有一座古寺大庙，名为“土凸寺”，香火旺盛，信众如云，后来被“北兵（军阀）”烧毁。老谷子爷爷不识字，没法交代因何烧庙。

老谷子通过考证，大致分析出“庙口”二字的得名缘由：一是村落朝北，正对这方向有座大寺庙；二是大寺庙处在村落北望口子上。“庙口”之意是口子上有座庙，集中了朝北的好风水，把古庙文化和吉祥风水相结合，于是就取名为“庙口村”。

庙口村自古受文化熏陶，文化人不少，凹背村小学和村委会均设在庙口村。

屋内照片倍思亲

从省城出发之前，老谷子接到在北京的弟弟的短信：“拍几张老爸和老屋的照片发给我，我甚是想念。”弟弟是父亲的“慢崽”（最小的儿子），在家排行老八。他 1995 年离开老家，来到北京一所知名大学求学，经历寒窗苦读，扎根于京城，与亲人聚少离多，多年过去，叫他如何不想老爸？！

老谷子家老屋处在“庙口”的村中位置，村子马路沿他家老屋拐弯。前后有三栋老房子，最早的老屋大约在 1955 年由老谷子爷爷所建，两层瓦房，三行六间。第二栋背对第一栋老屋，是二层阁楼，有木楼梯和回廊，是老谷子父亲于 1982 年所建。第三栋是爷爷帮助大哥所建的新屋，也是三行六间。

多少次回来，老谷子都没有留心要给老屋拍照，但这次回来心情不一样。看望父亲是出于做儿子的真情，父亲近年多病，身体欠佳，多看望一次，多陪他一天，儿子心里就踏实很多。

老谷子坐在老屋前与老父交谈，看着他老人家收集在墙上的“子孙满堂”镜框，老谷子内心感到深深的歉疚。父亲养儿养女，只剩下几张发黄的照片维系着与儿女的感情。

老谷子走进儿时熟悉的厨房，拍下几张老灶台的照片，似乎回想起年轻美丽的母亲，亲手为老谷子的兄弟姐妹做饭，熬粥汤。母亲撒手人寰后，两个姐姐成了厨房的小小“厨娘”。为了改变贫困的家境，读高中时的老谷子也爱上干家务了，一边在灶台前“烧火”，一边背着英语单词和回忆课堂知识。

老谷子站在和弟弟共同用过的阁楼书房里，回望老屋，方正清爽，虽然父亲已老，但还是当年记忆中的慈祥模样。老父拄着杖从厅堂走出来，端坐在大门边上，他在想什么？院子不再是儿孙的乐园，现已种满了黄豆、青菜、萝卜菜，青藤爬上屋角，一个成熟了的红南瓜，悬吊在老屋的半腰墙上。

张贴在书房墙上的一幅《志当存高远》书法作品，遭受风化虫咬，前年已经被老谷子收藏到省城的家。听着秋风吹过阁楼的声音，看着那棵在秋天还开花的梨树，老谷子仿佛回到了童年。

人丁兴旺大家庭

老谷子家的老屋在“庙口村”这个地方已存在了 58 年，见证了老谷子的爷爷、父亲、兄弟、姐妹及下一代人，以及再下一代人，除老谷子过世的爷爷外，现在是“金字塔”结构的四代同堂。老父是老谷子老屋的“塔尖”人物，从老谷子爷爷一根独苗，传到老谷子父亲又是独子，老谷子很遗憾没有叔叔和姑姑。

因为有老谷子这一代人，父亲总算立了“大功”，在那个号召“人多力量大”的年代，他生养儿女有八个之多，四男四女。如今，老谷子家构成了上下四代的大家族，孙辈有十四人，曾孙辈有七人，后代扎根全国各地，分散发展，难以在这里一一赘述。

说起老谷子家的老屋和人丁兴旺，可能要从老谷子的曾祖父那一代人说起。老谷子没有见过曾祖父、曾祖母，但听爷爷和父亲讲过他们很多年少时的故事。老谷子家在曾祖父那一代，原来不在“庙口村”，而是在河对面的“弦上村”。

在那个传说中的“弦上村”的老屋，通过父母之命，媒妁之言，老谷子七岁的奶奶，成了老谷子的爷爷的童养媳。

老谷子的奶奶长到十六岁时，就生了老谷子的父亲。“弦上村”的几户人家，在兵荒马乱的年代，经常遭遇土匪抢劫。

老谷子的奶奶是美人，自然也成了土匪的寻觅的对象，后来土匪把她掳去了。因为独居，无人相救，老谷子的爷爷十分伤心。

1949 年后，深山农村欣欣向荣，老谷子的爷爷决计把家搬到“庙口村”，和大家一起安心种田。经过数年艰苦努力，老谷子的爷爷和后娶的奶奶，到深山老林里去扛大木头，去河洲滩头挑石沙，去水田里挖地取瓦泥，去山上割茅草来烧砖，终于在 1955 年建造了“生老谷子等，养老谷子等”的老屋。

搬迁来“庙口村”之后，经历半个世纪发展，从老谷子的爷爷单传，到老谷子的父亲发散型的生养，如今成了“庙口村”人丁兴旺的一个大家族。

书香门第博又专

这么多年来，从老谷子家老屋走出来的人，似乎都与文化有缘，都干了一些与文化有关的事。也难怪很多人说，老谷子家老屋的“总门”看起来有书卷气，应该属于当地的书香门第。

老谷子的爷爷目不识丁，没有什么文化，只知道春播秋收的农活。老谷子的父亲念过私塾，算有点文化，他很勤奋，很好学。中华人民共和国成立初期，他当过县公安局的通讯员，一个人敢“夜骑”快马，赶往隔壁县去送公函，翻越天鹅岭，不怕鬼，也不怕什么土匪。

老谷子的父亲后来改做民办教师，会写标语大字，会拉二胡。他最擅长的还是教书，语文、数学、美术、音乐等课都敢上，其他老师也是一样，边学边上，一专多能。

老谷子的大哥、大姐做了十几年民办教师，大哥后来“弃教从政”，当了大队会计、村委会主任、村支书。大姐后来去了中等师范学校进修，成了有正式编制的教师，一直在学校任教。

老谷子的二姐从小读书成绩好，初中没读完，因为母亲突然去世中断了学业，放弃了考取县剧团当演员的机会。

老谷子的二哥读过设在“大垄”那个红色圩场的“共产主义劳动大学”。二哥的特长是绘画、吹笛子、拉二胡，他和大哥自发组建老谷子老家的采茶剧团、洋鼓乐队，在各处表演和吹奏，名噪一时。

老谷子的三姐因为小时候患病，得过两次脑膜炎，小学毕业就没再读书，但她脑子很好用，现在是县城有名望的商人，生意经念得很好。她既讲信誉，也算成本，且很有远见，在城里盖了一栋漂亮别墅，住她家就像住宾馆。

老谷子本人也算是有文化的人，在省城大学毕业后，从事行政管理工作，老谷子学的是文学，爱好唱歌、绘画、书法、摄影等，尤其擅长写作，也被称为单位里的“才子”。

老谷子的妹妹也当过几年代课老师，后来去了广东发展，一直做会计，也算靠“文化”吃饭。

老谷子的弟弟在北京读大学毕业后，就考入知名日报、知名电视台，当过记者，当过编导，很爱读书，很有才华，后来自创文化策划公司，扎根京城。

老谷子等的下一代，也有侄子或外甥有文化遗传。大侄子在广东自学电工知识，开起机电维修公司，业余还爱好书法和绘画。大外甥在广东也办起了电脑维修和培训公司。

老谷子的二外甥在本省的正德市开了一家网吧，也算文化事业这一行。

老谷子的二侄女在广东从事会计工作，嫁了一户好人家。

老谷子的妹妹的孩子很争气，凭借实力考取广东知名的公办高中，省了十万元借读费。

老谷子的弟弟的孩子虽小，但拍了专题音乐视频上了网络，让京城小学生羡慕不已。

老屋流年乡愁在

时代变迁，日新月异，社会飞速发展，老谷子家的这个大家族的格局也出现了变化。儿辈孙辈都分散在全国各地，有的在北京，更多的在广东，有的在本省。

现在，老屋只剩下老父一个人居住，没有请保姆陪护，老人家整日孤单，守着一份清净和凄凉。有人提议，如果子女没有探视父母，可算作违法，老人也可以起诉子女不尽孝道。

这个提议很好，老谷子这些当子女的，多数做得还不够，应该常回家看看，钱和物均不能代替亲情交流，老人更需要心灵安慰。

因为回家少，老谷子感觉老家的变化大。原来老谷子所在的县是一个独立的县，但因交通不便，与另一个县合并，新市政府却设立在另外一个县的新地方，离老县城很远。老县城就成了一个大集镇。

两县合并以后的最大好处，就是原来的县城通了高速公路。高速路开通的时间选在 10 月 28 日。

这样，老谷子从省城回老家就更快了，而从老县城到老家凹背村的路，老谷子熟悉得可以倒背如流。

老谷子儿时记忆中的马路，是一条弯曲的泥面小石子路，很干净，几乎不通汽车，只有自行车和板车。两岸青山绿水，河水潺潺北去，竹子林里百鸟争鸣，这条路也是一条幽静之路。

老谷子前几年回家，水泥马路还算清爽，偶尔小车会车，不算艰难。

可现在路上尘土飞扬，坑坑洼洼。遇见大车会车，不仅要冒风险，还要忍住尘土飞扬、掩脸捂嘴的痛苦。

老谷子在想："行路难，难以回家。"不知何时，回家的老路能换新装，变成乡村工业化的大道。

这次回家探父，老谷子正好赶上外甥女的婚宴，见到几位老谷子年少时的同学、老师、外出打工回来的玩伴。

老谷子的老师已是白发苍苍，但说起话来还是那样语重心长。同学交流，说出许多感叹。他们有的人盖了大房，有的人做了爷爷，有的人很自豪，也有的人很辛酸。有的人胖得认不出，有的人瘦得也不敢叫名字。都说老谷子没变模样，还长着一张"娃子脸"。

有一儿时玩伴，回忆当年老谷子去他家砍竹子，做"高脚机"的旧事。那天正赶上他家杀猪，老谷子和童年老庚"魏民"也不客气，就饱食了人家的一顿猪肉，年幼无知，也不懂礼貌，对主人没有表示感谢。

回家路上，老谷子还惬意又自豪地说："吃饱了，就摸胡子，既然是亲戚，还要谢什么啊？"但这句话不知怎么回事，至今还在老家流传。

提起老谷子的小学同学"魏民"，老谷子常感叹不已。他是老谷子同村的同龄人，有才气，初三毕业去读了中师，二十岁就当了初中老师。

当时，老谷子十分羡慕"魏民"，他每月能拿工资，还戴上了庐山牌手表，骑上了凤凰牌自行车。

对于读高中的老谷子，他就是“偶像”，也是老谷子考大学的“参照目标”。后来“魏民”通过努力，读了大专、本科，一路走来，都是一名好老师，娶了一位漂亮的湖南姑娘，生了一个高大帅气的儿子。

因“魏民”患肝病绝症，英年早逝，本来幸福美满的家庭都改变了。

在婚宴的酒宴上，老谷子见到了“魏民”的妻儿，得知其子在省内大学读大三，其妻在县城开一间“刻字店”谋生，供养全家。

让老谷子难以接受的是，“魏民”的儿子整天沉湎于网络游戏，没有人生目标，似乎看不到他父亲好学的基因。

社会发展变了，电脑本来是人类创造的科技，如果没利用好，还真就会反过来危害人类自身吗?

“魏民”的儿子来参加婚宴应该没有遗憾，他第一次听到有人对他父亲有这么高的评价，“魏民”的妻子听得几次感动落泪。这个孩子也算诚恳，认真聆听老谷子对他大学生涯的分析和引导，变得有些兴奋和充满希望。

后代婚庆诗生辉

由于社会大发展，老谷子的兄弟姐妹都远离了家乡，这个大家族也出现了各种新生事物。原来很难想象老谷子家有人远嫁广东，也很难想象与说广东话的人攀亲戚，畅饮喝酒，吟诗作答，结为知己。

在外甥女的婚宴上，老谷子与广东林先生有一个“文化交流”节目，让两方亲友鼓掌喝彩，印象深刻。

现将两篇对诗原文，附录于此，作为《家乡的老屋》结尾。

广东林先生今生第三次到江西，受到老谷子的姐姐、姐夫热情款待，贺诗一首，祝贺老谷子的外甥女新婚：

金屋荣华又一春

——三次到江西有感

表哥表嫂喜迎亲，柚子飘香月下闻。

盛情佳话传千古，金屋荣华又一春。

“庙口村”老谷子作为贤弟，即席附和，欣然提笔，作打油诗一首答贺，并在婚宴上朗读：

贺外甥女完婚

——答广东林先生诗

结婚喜庆是吉日，亲朋好友来道贺。
见证青年办婚事，艳阳高照天配合。
广东对亲是宾客，林尊作诗先祝贺。
三来江西自驾车，盛情盈门豪爽多。
江西风俗就如此，嫁女如同迎亲日。
门前柚子结金果，世代相传今开始。
靓女生长在庙口，求学省城是转折。
打拼广东有起色，今日喜庆坐花车。
俊郎有意来结缘，帅哥厚道微笑甜。
礼貌谦虚风度翩，我等亲人看在眼。
满堂乡亲邀请到，福气盈门热闹在。
新婚仪式虽简单，喜酒热菜桌上添。
移风易俗新婚事，珍惜感情过日子。
共祝新人连理枝，两姓家族把酒喝。

（文 / 敖古）

清明梦回乡

几年了，我虽然没回过老家，但乡情仍在，心灵深处时常能唤起短暂的旧忆。昨夜，忽然感觉窗外飘来清风凉意，让我梦醒惊起。虽是下半夜，但能听见我住地附近的溪湖公园那边，传来无尽的鸟鸣声响，叽叽喳喳，叫唤不停歇。这百鸟的齐鸣声，似曾熟悉，又不曾细听。

小时候，我比较关注家乡鸟儿的鸣叫，也能学得很像。比如一种“动情”的鸟鸣是这样的：“阿——哥，回——去，阿——哥，回——去。”鸟叫声声，是乡间的揪心时刻。

现在，我常以吹口哨的方式，用嘴学鸟叫给小女儿听。女儿一听就回应说，这是一种乡村的鸟叫声。我不清楚，城里长大的小女，怎么能辨别出我学的是一种乡间鸟叫？这让我常沉浸在无限的乡思中。

四月清明雨，家乡绿欲滴。我想，此时家乡的村前屋后，那些绿得像油墨一样的李子树，可能满树冠地缀满星星一般的白球花吧。今夏的李子树，又要果子垂压枝头，丰收得装满一箩筐又一箩筐的果子。

寻着花香，我仿佛又闻到家乡的山野芬芳。在万绿茫茫、繁花似锦的山间，我记起小时候跟随父亲，穿越那片叫“华林”的山坡，拨开草丛堆，去寻找我曾祖父的坟冢的故事。

据说，人生记忆，不过五代。我与曾祖父相隔四代之差，他的坟冢就静静地躺在一个乱草堆里。墓碑是一块大青砖，有半截还沉埋在土里。父亲还在周围仔细观察了一番，才确认此墓就是我的祖坟。

接着，父亲先清除杂草，铲修墓地，先用火柴点燃两根蜡烛，再用烛火熏红一把祀香，插在坟堂四周，并小心翼翼地奉上一碗炖猪肉，三行祭扫礼。

最后，父亲让我也一起行祭礼。我拿着沾着火光的草纸，看见烟雾和纸灰一起飘飞上天。

上午祭扫完曾祖父的墓地，下午还要去祭扫曾祖母的墓。可我至今还有一事不明白，那就是我曾祖父的墓为何葬于家乡南面的山岭，而曾祖母的墓却葬在北面的山岭。南北相隔近五里，让我们扫墓时，既疑惑又辛苦。

曾祖父的老宅，原来就在靠近龙江边上的一个陡坡上。时代变迁，沧海桑田，当时的老宅现在却是一片农田。多年前，我曾去瞻仰过一次，似乎还能看见残存的老宅墙基，以及一些散乱的瓦砾。我父亲就生长在那里，由我曾祖母亲手抚养长大。

而曾祖母葬于老宅附近的后山坡上，现今家乡人称之为“风信岭”的地方。但我们去扫墓，还需越过一条宽阔的水电站导流渠，渠上一直架着一根独木桥，供劳作的人们过往。有一年清明，我弟弟和我一起跟随父亲去扫墓，面对湍急水流，弟弟胆小，由父亲背着过了独木桥。因为从小娇惯，我弟弟一生胆小，做事谨慎。

曾祖母的墓也是由青砖砌的，由于长年有老鼠出入，早已不成样子，但位置是准确的。加上后来我祖母过世，由我父亲做主，将二人一起安葬于风信岭上。我知道，这可能是我父亲出于对生母的感念，把养育之恩安放在了一起，方便后人前去祭扫。

我久别家乡，对于清明祭扫的概念似乎淡了，但留在心间的亲情更浓。每次返乡，我心里记挂的头一件事就是扫墓，可我姐姐老提醒我，乡间祭扫是要讲究时节的。有时，二哥会听从我即兴扫墓的建议，我们常先去祭扫我母亲的墓。我们还要路过一个伤心地，停在那棵水杉树下默念，那是幼年溺水夭折的妹妹的坟地。面对家乡的青山绿水，满眼是乡愁和乡思，无尽的乡土风物，藏着我深深的哀思。

清明节让人特别怀念故乡。现在我们多数人生活在城里，乡愁在梦里，还有依稀记忆中的老屋、老树、老墓。有人说，人世五代后，多数人都远离了祖先之地，清明祭扫越来越成为一种心灵的寄托。

天明的窗外，清明雨停了，芬芳清新，伴着四月的柳绿花红，鸟鸣还在耳边缠绕，我感觉昨夜忽然梦回了一次久别的家乡。

（文 / 敖古）

六

园中藏照集

一、20 世纪 80 年代的美好回忆

指挥塔楼鸟瞰

远眺双理楼

老图书馆

化学馆

老琴房雪景

室内球类馆

音乐演奏厅

远眺田径场

师大附中

红石房

学生宿舍

室内球类馆

二、今日青山湖校区留存照

古树的见证

校园文化打卡地

1953 年的练琴房

园丁广场

飞机场与红坪

田家炳大楼

红石房打卡地

校园绿地

明德园

通往二教楼的道路

青蓝湖栈桥

师大附小

水杉林荫道

琴声悠扬处

显微湖

情人树

姚名达塑像

古树与王字楼

学生宿舍林荫道

音乐学院

友教亭

第一教学楼

指挥塔楼北绿墙

校园主干道中段

显微湖与师大附小

声乐教学楼

红长廊

校园的梧桐树

学生汇聚地

远眺青蓝亭

香樟林

七

附录

青山湖校区校训文化释义

在江西师大80余年的办学历程中，经过一代又一代学人的薪火相传，学校总结出“静思笃行，持中秉正”的校训。

为了丰富校训内涵，规范诠释表述，2010年9月29日时任校党委书记、校长傅修延亲自撰文为校训作了全面的阐释。释义从语言与文化的角度，结合学校的学统和文脉、精神和底蕴深入浅出地进行注释，体现了学校的办学传统、校园文化和教育理念，是学校人文精神的高度凝练。

校训释义全文镌刻在青山湖校区东门文化墙上，与墙上的校训浑然一体，相得益彰，为古朴的校园增添了一抹亮丽的文化色彩。

时任校党委书记、校长傅修延校对校训“静思笃行，持中秉正”八个

青山湖校区主干道最北端的校训文化墙

大字的释义全文如下：

“静”是古今认同的修身方法。“静思”有助于涵养性情、沉潜学问和自省自励，是抵御当前浮躁之风的利器。我校文脉上承“白鹿”，“笃行”见于朱熹所制《白鹿洞书院学规》中的“为学之序”——“博学之，审问之，慎思之，明辨之，笃行之”。这段话出自《礼记·中庸》，描述的是为学的五个阶段。“笃行”意为切实、专注地实行，在“学”“问”“思”“辨”的基础上，还要沉稳地践履所学，才能达到知行合一。

“中”的本义源于初民对太阳的观察。学者考证：最早的“中”字，中间一竖为旗杆，上下端均有飘游状旗帜之形，旗杆中央为太阳（甲骨文契刻不便，故作方形），取义为正午时刻，太阳正中照耀，将旗杆上方的旗帜投影于旗杆之下，是为不偏不倚之“中正”。为便于书写，“中”字上下两端的飘游状旗帜被后人省去，但是像正午的太阳那样祥光普照，“持中秉正”，一直是中华民族的道德规范与行为准则。《易经》有多处提到“中行”，意思是践行中正，公平正直，避免偏激，就会“大吉，无咎”。

青蓝湖叙事

傅修延

窗下有湖，名曰青蓝，取义于“青，取之于蓝，而青于蓝”，符合师范大学育人的特点。住在湖边的一种享受，是在家中用热水沐浴时打开一点窗缝透进凉气，从缝隙里可以窥见岸边垂柳轻拂下的碧绿湖水，栈道上偶尔会有讨论着什么问题的师生走过，运气好时还能看到一只红嘴巴的黑天鹅游到岸边来向行人乞食。此时的我心跳变缓，血压降低，情绪由平稳归于悠然，这大概是湖水带来的“治愈”效果吧。

一直梦想着能养只雪橇犬那样的宠物，由于条件不允许，我只能通过观看《南极大冒险》之类的电影来获得少许抚慰。后来转念一想，养宠物还需要费时间打理，楼下那些自由自在的池中之物难道不就是我的宠物吗？我从出生起就住在学校的房子里，校园里的一切在我感觉中就是家中之物，那就让我来数一数青蓝湖上的“家珍”吧。

本文作者常划船护湖，悠然划桨于窗下青蓝湖

一、鱼

青蓝湖给人的第一感觉是鱼多。春和景明之日，锦鲤成群结队地在水面游动，在湖水倒映的天空中形成红艳艳、金灿灿的一团团云霞，这一景观吸引了许多人来湖边观看。青蓝湖中原先只有鲢鱼、鳙鱼和草鱼等食用鱼，十年前新校区修静湖桥要把水抽干，我便让后勤把静湖中捞起的锦鲤送到老校区的湖中，同时在湖边建起栈道，从此这口鱼塘就开始改变为校园景观。我觉得美化校园是每一任管理者的职责，大学是育人的地方，校园里的每块石头都负有美育的功能，让师生在优美的生态环境中接受美的熏陶，这似乎要比每年从湖中收获几百斤鱼更有价值。

十年时间不算长，当时投下去的锦鲤顶多只有一两百尾，如今竟然繁殖到天气好时触目皆是。我们家常去旺中旺超市买回馒头来喂鱼，手中的馒头碎屑一落到水面上，立即便有警觉的鱼儿过来“侦察”，它们的急速游动又会引来更远处的鱼儿，几分钟工夫，栏杆下面便会聚集起密密匝匝的一大群鱼。此时，所有的鱼都张大嘴巴等待食物从天而降，大鱼凭借体型优势将小鱼挤开，小鱼又因移动灵活而抢在大鱼之前出击。鱼群拥挤到极点时会层叠起来，最上面的鱼儿被顶出水面后拼命挣扎，力大者会一甩尾巴跳出重围，然后重重跌回鱼群之中，一时间水花乱溅，好不热闹。喧哗和骚动又会引出一些更大的鱼儿，它们平时潜伏在水底不大露头，此时为了分得一杯羹也不惜“抛头露

青蓝湖锦鲤成群结队，似一团团金色云霞

面”。这些鱼当中有几条堪称“巨无霸”，每当它们骄傲地展示自己金鳞闪闪的硕大身躯时，栈道上的人们都会情不自禁地发出惊呼。

青蓝湖中的鱼能养到如此之大，关键在于其成长过程中没有受到干扰。以前我在泰国寺庙的放生池中见过类似的庞然大物，当时的感觉是有点吃惊，后来想到和尚都是吃素的，没有人会打鱼的主意，日积月累它们自然会越长越大。办大学和做学问也是这样，心无旁骛者必定成功，反复折腾者永远成不了气候。当然鱼不喂食也无法长大，我注意到湖边投食者多为老人和儿童，一些年轻父母也会抱着幼儿甚至推着婴儿车来到湖边。投食后观看鱼群的聚集和抢食，对许多人来说是一种难得的人生乐趣。

儿童天然喜爱世界上的一切美好事物，他们舍得将自己的蛋糕、面包和其他零食投向湖中，这时旁边走过的老人就会摇头说：“鱼吃得比人还好啊。”校内住户中不乏实用主义者，一些人曾经认为鱼就是养来吃的，个别人甚至备有钓具，然而当看到自己的儿孙也在享受观鱼之乐时，他们的观念也在慢慢发生改变。所以推动文明进步的永远是年轻一代，华兹华斯正是在这种意义上说“儿童是成人的父亲”。

我年轻时在赣江和鄱阳湖上开过三年船，五花八门的鱼类见过不少，但青蓝湖里那些色彩斑斓的锦鲤还是让我叹为观止。前面我说鱼群远看灿若云霞，凭栏细看则会发现每条鱼都有自己独特的色彩：大多数鱼以红黄为基调，也有不少鱼像进过染缸一样带有赤橙青蓝紫等斑块，有些色斑太深或长得不是地方，让人感叹造物主也有走神失手的时候。然而大自然还是最为伟大的艺术家，其得意之作是我称之为“青花鱼”的一个特殊品种——如果说青花瓷是陶瓷的代表，那么这种鱼便是锦鲤中的极品，其身上青白二色搭配得极为和谐自然，让人想起宋徽宗对汝窑的御批：“雨过天青云破处，这般颜色做将来。”与“青花鱼”差可比肩的是红白相间的“红花鱼”，它们不像“青花鱼”那样高雅，但也相当招人喜欢。还有一些锦鲤像是金鱼的变种，其特征是胸鳍、腹鳍和尾鳍犹如浅白色的蝉翼，当其摆动尾鳍款款游入人们的视野，那副施施然的模样就像是舞台上身着纱裙的仙女在舞动长长的水袖。我憧憬着什么时候能有一场青蓝湖摄影大赛，用照片和视频留住这些美丽的颜色和动人的身姿。我参观过纽约的一家设计博物馆，那里面的介绍说人类最早的颜色概念来自花卉、鸟羽、贝壳和彩虹，我觉得其中漏掉了鱼类色彩带来的启示。

二、鸟

有鱼就有食鱼之鸟，来青蓝湖捕鱼的鸟类我认识三种，它们分别是夜鹭、䴙䴘和翠鸟。南昌本地人称夜鹭为“鱼雀”，它经常缩着脖子长时间在水边台阶上伫立，一动不动装扮成静物紧盯水面，等到鱼群失去防范游近其身边，它会猛地一下伸长脖子，以其尖细之喙从水中叼出一条小鱼，然后一拍翅膀飞向空中，那衔鱼掠水而飞的姿态极为优美。䴙䴘每年都有一段时间出现在青蓝湖中，岸上一旦有动静便迅速潜入水中，过一阵子再从别的地方冒出来。有人说这种鸟是来此繁殖的，但我始终不知道它把巢安在什么地方。翠鸟之名源于脸部和背部有蓝得耀眼的羽毛，据说过去皇后戴的凤冠要用其羽毛来“点翠”。或许是由于行动敏捷，这种鸟的胆子比夜鹭和䴙䴘大得多，我曾数次拍到它停在湖边栏杆上的照片。翠鸟的英文名 kingfisher 也与王室有关，能被称为“国王渔夫”是因为这种麻雀大的鸟儿能钻到水底去捕鱼，因此每次出击都不会无功而返。

以上三种飞鸟均为青蓝湖上的过客，常年驻留湖中的则是天鹅、大雁、鸳鸯和野鸭等，这些游禽不但与鱼类和平共处，其排泄物还能为鱼提供养料。黑天鹅原产于澳大利亚，后来国内许多地方都有养殖，那年为校庆从上海买了几只放到青蓝湖中，还在湖中建了小岛和棚屋，没想到它们很快就在里面孵起蛋来。记得人们曾急不可耐地等待湖上第一次新生命的诞生，我为此还划船去小岛察看，当听到天鹅蛋里有“唧唧”的声音传出时，我激动地对岸上的人们高喊：“小天鹅马上就要出来了！”几天之后，天鹅妈妈领着一群毛茸茸的小宝宝在湖中游弋，见到这副暖心场面的人无不心生欢喜。黑天鹅实行一夫一妻制，雌雄一起嬉戏时会面对面上下弯动长颈，做出包括“心”形在内的各种造型。它们把对手撵出自己的势力范围后还会凑在一起引颈欢歌，发出“喔喔喔喔”的鸣声，似乎是在庆祝自己的胜利。

青蓝湖毕竟只有半个足球场大，鸟类之间为争夺生存空间时常发生冲突。大雁对比其晚到的黑天鹅有点“欺生”，后者熟悉环境后不再退让，由此形成湖中两大阵营之间长达数年的战争，白天鹅、鸳鸯和野鸭等则因势单力薄而保持中立。后来黑天鹅的翅膀长硬了，它们反守为攻，把雁群逼到岸上不让下水，两边的领头者常常一只在岸上，另一只在水上，用喙互相威胁，这种互不相让的对峙往往持续很长时间。有次我看见一只黑天鹅突然发怒从远处扑翅飞来，把它的大雁对头啄了个半死。如今大雁已经彻底退出了历史舞台，湖中的黑天鹅也只有一对硕果仅存，这是因为其中那只雄性被渔网缠住后失去了一只脚掌，负伤后这只独脚天鹅野性大发，逮谁啄谁，最后两大阵营中只有它和它的雌性伴侣存活了下来。然而奇怪的是，不管在什么情况下，黑天鹅都不会伤害个头比其小得多的鸳鸯和野鸭，有时对其来身边偷食也不大理会。从社会学角度说，青蓝湖是一个观察和研究动物行为的实验场，我们人类亦可从中得到许多有用的启迪。

黑天鹅和小宝宝

三、花

青蓝湖沿岸是一圈柳树，湖的东面有座红柱碧瓦的小亭，亭额上“青蓝亭”三字为江西师范学院（学校前身）老院长郭庆棻教授所书，亭下因土地有限只种了点杜鹃花和兰草。中文系陶今雁教授多次向学校建言在湖中种植荷花，老先生有很深的菡萏情怀，临终前还要其弟子向有关部门反映这一要求。杜华平教授在回忆乃师文章中，说莲香满园“是先生一个美丽的梦，是从古典时代带来的，从清真的词里，濂溪的文中，从释迦牟尼的莲座上走出的梦”。

莲梦难圆有个具体原因，这便是湖水太深令莲花仙子无法出水。许多人不知道青蓝湖的湖底有巨大的弹坑，当年日寇侵华时对浙赣铁路与沿线机场狂轰滥炸，老校区原来是中央南昌飞机制造厂（所以后来会成为省重点文物保护单位），与铁路只有一墙之隔，因此被敌机当作重要的目标来轰炸。20 世纪 50 年代初老南昌大学从望城岗迁来此地时，师生和员工还从指挥塔下清理出几枚未爆炸的日寇炮弹。校园里还有一个紧挨铁路的小湖名为显微湖，形成原因大约也是如此。每天从两个湖边经过的人不会想到，水面之下还有这样一段浸透了国仇家恨的历史。

不过世上之事只有想不到没有做不到，聪明的后勤人在 70 周年校庆时想到了解决问题的办法：他们将一个个水泥涵管倒竖在湖底，往里面灌进淤泥，这就把荷花的根部拉近了水面。那年夏天两个湖中都有荷花盛开，栈道上观鱼赏花的游人络绎不绝，陶先生“夏日荷花艳，拂清风，香气盈襟”的愿景终于实现，老人家九泉之下定当含笑。2010 年中秋晚会别出心裁地在青蓝湖上举行，舞台是修葺一新的青蓝亭，梦幻般的灯饰使湖上景物变得既熟悉又陌生。

差不多演到一半时，一叶扁舟在“艄公”挥桨下，从荷花丛中悄然驶

“艄公”桨来，古女唱，一曲《青蓝湖美》引得热烈欢呼

出，船头上身着古装的女演员演唱了一曲《青蓝湖美》，引起岸上观众的热烈欢呼，人们赞叹这是学校多少年来最有创意的节目。有趣的是，湖中的水禽那晚像儿童一样“人来疯”：大雁和鸳鸯频频游到聚光灯下，黑天鹅则合着音乐的节奏晃动曲线优雅的长颈，似乎要与演员一道翩翩起舞。

青蓝湖里还有过一种比荷花更为珍贵的“花”，这就是有“水中大熊猫”美名的桃花水母。桃花水母严格地说不是花，而是一种原始低等的无脊椎动物，它比目前我们能看到的一切生物都要古老得多（约诞生于5.5亿年前），人们称其为“活化石”。我在《赣文化论稿》中说学校“人杰地灵”，桃花水母来无踪去无影，对生存环境尤其是水质有极高要求，这种白色透明如梦幻般美丽的精灵为什么会来到青蓝湖中，我想只有用校园的灵气来解释。桃花水母不管出现在哪里，当地媒体一定会竞相报道，我记得在报章上读到过“桃花水母惊现柘林水库”之类的报道。青蓝湖离喧闹的北京西路不过一二十米，桃花水母出现在这样的地方有点匪夷所思，但这是南昌大学生物系胡起宇教授亲口对我所言，这位无脊椎动物研究专家说起此事来也啧啧称奇。我为满足自己的好奇心还曾去胡教授系里看过那枚标本，瓶子标签上明确写着采集地点为江西师范学院。《江西师范大学校史》记载，1962 年江西师范学院生物系划归江西大学，江西大学后来与江西工业大学合并为南昌大学，不难想象那枚标本的采集一定发生于生物系从老校区迁走之前。

草木有荣枯，青蓝湖上的生命有来有去，有生有死，我却只想用手中之笔记录下那一个个精彩美好的瞬间。柳宗元《邕州柳中丞作马退山茅亭记》曰："夫美不自美，因人而彰。兰亭也，不遭右军，则清湍修竹，芜没于空山矣。"

我不敢自比写下《兰亭集序》的王羲之，但青蓝湖之美的确需要有人来书写，否则真会如陈鸿《长恨传》所说"与时消没，不闻于世"。但愿这块引玉之砖能唤出一批美篇佳什，让我们为留住师大人的集体记忆而共同努力。

胡先骕于1957年到青山湖校区讲学

傅修延

一、胡先骕走进301教室

1957年初夏的一个下午，准确地说是6月3日，江西师范学院第二教学大楼301教室里座无虚席，人们屏声静气地聚集在这里，等待一位从北京来的长者为他们上课。从这天开始，长者将在301教室授课一个月，每周三次，每次一个下午，直到6月30日。

第二教学大楼位于红场北面，301教室在二教楼三楼东侧，长期归中文系使用。笔者自研究生毕业后便在中文系任教，曾经无数次地拿着讲稿走上301教室的讲台，但在读到中文系前辈胡辛大姐那篇画面感极强的文章之前，我完全不知道这里曾经迎来过一位如此重要的人物。为此我还与普玲、泽芳两位学友再次来到现场，满怀敬意地重新打量了一下这间可容两百来人的教室。

本文作者在301教室讲台上

胡辛《听邓老宗觉教授追忆生物学界老祖宗》（下称《追忆》）一文刊于《百花洲》2023年第3期，看到这个标题，大家一定明白这位

“老祖宗”就是胡先骕。

“中国生物学界的老祖宗”出自伟人之口，这一看似不经意的称谓，反映出胡先骕在人们心目中的崇高地位。2023年5月江西人民出版社推出了学术界期盼已久的《胡先骕全集》，还举行了纪念胡先骕诞辰130周年暨《胡先骕全集》新书分享会。胡先骕此次讲学的具体接待人是邓宗觉，《追忆》借助他的回忆对这次活动作了栩栩如生的还原，也让我在掩卷之余浮想联翩。

一、静候

我首先要对台下静候者的心情作一番揣测。听讲的人除生物系师生外，应当还有一些人来自其他系科，尤其是中文系，这是因为胡先骕兼有文学家这一重身份。大家未见得都见过胡先骕，但人人皆慕他的大名。这里怎么可能有人不知道胡先骕呢？要知道他是国立中正大学首任校长，而江西师院的前身正是国立中正大学——1949年后该校更名为南昌大学并由望城岗迁来城里，校行政办公室就设在邻近二教楼的指挥塔楼。供职过国立中正大学的师院教工不在少数，由于彼时“中正”一词有点吓人，一些过来人对自己这段经历讳莫如深。不过他们都记得老校长发号施令时的奕奕神采，还有他在全校大会上演说时慷慨激昂的声调。当然大家又都知道，此时的老校长正遭逢蹇厄。在把自己创建的静生生物调查所、庐山森林植物园以及云南农林植物研究所交给国家之后，他此时的身份只是中国科学院植物分类研究所一名没有任何行政头衔的研究人员。

不仅如此，作为首届“中央研究院”院士，他竟未能顺理成章地成为新公布的中国科学院学部委员，像他这样落聘的只有寥寥数人。更有甚者，他的教授级别也从一级降为三级——20多年前他在南京中央大学教过的学生邓宗觉如今也是这个级别，后来还是总理出面才给他恢复到一级，而他的学生乃至学生的学生都有评上一级的。

这些信息令在座诸人心情复杂，大家对他自然还是怀着一如既往的敬佩之情，但其中不免又掺杂了几分惋惜和同情。人们都在揣度：曾经像神一样存在的老校长，在此境况下面对满堂门生故旧，脸上会是怎样一副神情，是落寞不甘，还是颓唐沮丧？不管怎么说，尴尬的场面或许是难免的。想到这些，有些人不禁低头看向桌面，似乎是要避免接下来就要发生的眼神接触。

二、长衫

上课铃声响起，胡先骕在副教务长彭先荫和生物系主任邓宗觉等人陪同下走进301教室。让台下众人一惊的是，老先生居然身着一件竹青色长衫！长衫为汉民族的传统服装，男子在初夏季节穿着长衫本来再合适不过，然而彼时彼地，长衫在一些人心目中已成孔乙己之类潦倒文人的标配。那时社会上普遍流行中山装、列宁装和青年装，最能体现时代风尚的莫过于一件洗得发白的军装。据邓宗觉回忆，他去南昌火车站接老师时，发现老师像当年一样穿着长衫，这使得他在熙来攘往的工农兵群众中显得有点格格不入。

胡先骕对传统服饰的喜爱，在传世照片中得到了有力的证明——许多重要场合中别人大多西装革履，他却常常以长衫示人。这种喜爱当然有其美学上的依据。依笔者陋见，长衫之妙在于其极简主义风格，即让一大块布幅从领口一直垂到脚面，这就造成了一种长身兀立的效果，难怪不具备身材优势的江南文人会对其情有独钟。不管是长衫还是长袍，穿着者走动起来都有一种玉树临风、飘逸灵动之感，胡辛在《追忆》中说冬天的棉袍在“在北风中也能飘动”。

我看过鲁迅和蔡元培把萧伯纳夹在当中的那张合影，那是中西服饰之间的一次重要较量：鲁迅虽然身高只到萧伯纳的肩头，但他那风流儒雅的长衫从气势上说，完全压倒了萧伯纳身上紧致干练的西装革履，这就是我们常说的“四两拨千斤”。话又说回来，胡先骕爱穿长衫，并不意味着他排斥西服。邓宗觉说老师西式打扮时也是有模有样，除规规矩矩系着领带

师大美院创作的巨幅油画《杏岭群贤》

外，西服里面还有一件紧身小背心，有时候他还会把西裤穿在长衫里面，这就有点中西合璧的意思了。

对长衫的执着关乎审美，但真正起作用的还是价值观和文化立场。众所周知，胡先骕并非笼统地否定新文化运动，他只是反对全盘否定中国传统文化的做法。胡适留学美国时曾去哈佛拜访哲学系教授怀特海，怀特海告诉他文化是无法割断的，但这一金玉之言没有引起胡适的足够重视。

这样来看，胡先骕之所以要成为把长衫穿到最后的中国男人，内心深处是想以这种姿态来显示对传统文化的坚守。坚守并非易事，西方人把中国的《易经》译为“Book of Changes”，然而“易之三义”包括简易、变易和不易，古往今来的国人更多讲求变易和变通，一味主张识时务者为俊杰，拒绝随波逐流的不易者堪称凤毛麟角。心有灵犀一点通，学校七十周年校庆时，在张鉴瑞教授策划下，美术学院蔡鸣、封治国等艺术家创作了一幅巨幅油画《杏岭群贤》，画面正中的胡先骕正是身着一袭洁白合体的长衫。

三、面容

简短的介绍之后，胡先骕站到了讲台正中——记忆中那是一个棕黄色的木制讲台，约有半人高，正面镶嵌着一颗红色的五角星。此时台下的人仰起头来，将视线由讲台移向胡先骕长衫之上的清癯面容。令一众故人又感吃惊的是，老校长看上去确实比 1946 年时苍老了一些，但他脸上的神情仍和过去完全一样，也就是说他们熟悉的那股坚毅沉着的勃勃生气，依然在其眉宇之间流溢。不排除教室中有个别人是来看“关羽走麦城”的，但讲台上的人让其失望了。自古圣贤“宁可湿衣，不可乱步”，胡先骕仍是当年的胡先骕，那个不但自信自负而且是自恃自傲的胡先骕。

笔者有文论述面容是一种表意的能指，人与动物在外形上的最大不同，在于有一张如黑格尔所说被内在精神“照耀”和“渗透”的脸，人类可以用无数创造物来证明自己的优秀，但最好的证明还是自己这副经历了漫长演化过程的面容。胡先骕的脸是这一点的最好证明，传世照片上他那“闪闪如岩下电”的逼人目光，还有鼻唇间那两撇体现男性威严与悲悯神情的八字胡，让无数后人发出“有其人必有其貌”的慨叹。中国历史上不乏狷介耿直、疾恶如仇的国士，胡先骕堪称其中的典型。他在《植物分类学简编》中秉笔直书，痛斥李森科提出的物种形成谬论（如小麦籽粒连续播种后会长出黑麦植株，达尔文听到此说可能会气死），这在当时的政治气候下无疑是一种“弥天大勇”，此举不出所料被扣上“诬蔑苏联”的骇人帽子，《植物分类学简编》一书也惨遭销毁，但胡先骕从未对自己的行动有过一丝后悔。对于一位以弘扬真理为己任的人来说，学部委员可以不当，一级教授可以不评，但伪科学不可以不批判。那段时期，胡先骕的直言无忌引起家人极大的担忧。

至此可以看得很清楚，今人之所以在胡先骕面前自惭形秽，并非因为唇上少了那撮标志男子汉气概的胡须，而是缺少孟子所说“虽千万人，吾往矣”的孤勇。当白话文运动铺天盖地而来，满世界都是“汉字不灭，中国必亡”之类的呼声时，唯有胡先骕等极少数人主张保留汉语的优雅传统，并坚持用文言文写作。所以我们能够理解，胡先骕为什么能坦坦荡荡地穿着长衫出现在大庭广众面前——一个在时代大潮的猛烈冲击下仍能站稳脚跟的人，怎么会在意周围人把他看作封建余孽？

四、语音

台上台下的目光交流结束后，胡先骕开口了。由国立中正大学时期过来的人，听到带有赣方言的熟悉语音自然感到亲切，年轻的学生却又是一惊：怎么，老人家居然有点口吃！胡辛《追忆》中如此描述：“你必须承认，大家就是大家，大学问家就是大学问家。哪怕他有些结巴，似乎也成了胡氏的风格。”笔者近来因研究听觉叙事而关注“语音独一性”问题，胡辛使用的“胡氏的风格”一词，表明这位大作家早就懂得语音是人物个性呈现的关键。有人说，任何重复、拖沓、停顿乃至“这个”“那个”之类的口头禅，都属于对倾听者注意力的召唤、提醒和强调，意在提示这里有一个大活人在说话，同时也在一定程度上透露出这个大活人的性情。从这个意义上说，胡先骕的口吃就像是他的胡须，是一种个人风格或魅力的标志物。

当然，随着时间的推移，听讲者逐渐适应乃至忘记了胡先骕的结巴，因为这时吸引注意力的是其丰富多彩、美不胜收的讲课内容。邓宗觉说出于老师之口的不仅有汉语，还有英语和拉丁语——讲授植物分类学怎能不提到相关种属的外语名称呢？这和学中医必须通晓那些复杂的药名是一个道理。现在许多人把双语教学当作一种时髦，殊不知民国课堂上的胡先骕就在使用这种手段了。所不同的是，时下的双语教学常常沦于显摆或凑合，让人感觉是为双语而双语，胡先骕却是恰到好处地拈来外语中的相关表述，中外语言切换自如。此外，别以为哈佛博士在课堂上讲述的都是洋学问，听讲者印象中更为深刻的，竟是胡先骕深厚的中国文学修养。《追忆》援引邓宗觉的话说：“先生兴致来时，古诗词镶嵌其间，他也自作五言七律，让人恍惚间以为是中文系古典诗词课，那真是艺术的享受。”

按照时下刻板的课堂教学标准，在一门植物学课中突然吟哦起古典诗词来，这样的讲授可能属于性质严重的“超纲”了，但师院当时请胡先骕来做专题性讲学，目的就是想提升学术水平和拓宽学科视野，他那纵横捭阖于文理之间的讲述符合这一宗旨，主办方并未觉得有什么不妥。学科之分本属人为，早在《诗经》时代，孔子就说学诗可以“多识于草木鸟兽之名”，古代训诂学著作《尔雅》中亦列有《释草》《释木》《释虫》《释鱼》等篇目。腹笥渊博的胡先骕对这些了然于胸，他能够成为植物学界的一代宗师，固然与其负笈西洋有很大关系，但也要看到博大精深的国学构成其学识体系的坚实底座。1940 年，云南省教育厅厅长龚自知应胡先骕之请，为农林植物研究所题了出自汉赋大家枚乘《七发》中的八个字——“原本山川，极命草木”，此事显示民国学人的知识结构中，诗学与植物学本来就呈“一体无分”状态。

《胡先骕全集》主编胡晓江（胡先骕孙女）告诉我，学者张源发现胡先骕首先将 humanism 一词译成通用至今的“人文主义”，这一点并不令我感到特别惊讶，老一辈科学家的人文素质在许多方面超越了我们的想象。

胡先骕的严厉和固执，让人以为他总是在作疾言厉色的呵斥，其实他的金刚怒目只针对学界丑类，一旦面对求知若渴的晚辈，其口中发出的却是春风化雨般的轻言细语。

所谓“望之俨然，即之也温”，应该是指语音的温软与态度的温和。当过教师的人都知道，站上讲台的人会变得无比专注与投入，这种境界的极致便是“泰山崩于前而色不变，麋鹿兴于左而目不瞬”。胡先骕视教学为研究的延伸，教学使他快乐，凡是在科学与艺术的自由王国中浸润甚深者，都有一种需要与人分享自己体验的内在冲动。佛教把修行得道时的豁然开朗称为“法喜充满”，这种体验同样发生在那些领悟到科学真理和艺术真谛的人身上。友人冬明问我为什么大卫·休谟、亚当·斯密等苏格兰启蒙学者活得那样从容快乐，我的回答是深度思考令其“法喜充满”。胡先骕度过了充满发现的一生，他的言论虽不免激烈，但其灵魂却是安详、自在和满足的。我相信如果不是离开得过于匆忙，他也会像维特根斯坦那样留下遗言：“告诉他们，我度过了美好的一生。”

邓宗觉记得老师在讲学之余说过这样的话：“每个人一生都会遇到艰难曲折、急流险滩，企图一世平安顺利，那是不现实的幻想，问题是要学会对付困境逆境，顺其自然，泰然处之。”邓宗觉后来成为江西省唯一未退休的终身教授，享年 104 岁，不能不说乃师这番教导为其提供了应对激流险滩的人生定力。

五、遐思

301 教室中那场讲学如今已隐入尘烟，但我还是要给为此事决策的师院领导点一个大赞。作为也曾挑起过校务重担的后来人，我只想说，在当时的氛围中，做出这样的决定要有很大勇气和担当。胡先骕于 1957 年 5 月 31 日下午抵达南昌火车站。让人诧异而又深感庆幸的是，在政治之弦突然绷紧的情况下，胡先骕的讲学居然纹丝不动地按计划进行到月底，结束后邓宗觉用学校唯一的吉普车将老师送上庐山。细心的读者能从《追忆》中读出某种春秋笔法：这辆吉普车先是载着彭先荫和邓宗觉驶向火车站接胡先骕，把他安顿到洪都宾馆后，又把彭先荫载到市政府礼堂，参加党外知识分子座谈会开幕式，再后来彭先荫就因在“大鸣大放”中的言论被划为“右派”。

抛开这些，从更高的历史角度看，此次讲学对于刚经历过院系调整阵痛的江西师院来说，具有赓续学统和传承文脉的重要意义。传统在人们心目中之所以崇高，一个原因是其中有后人说起来便两眼放光的人物，胡先骕身上便带着这种神奇的禀赋。

胡先骕属于文艺复兴式的文化名人，如今我们失去的或者说应该具备的许多东西，在他身上都可以找到。甚至有许多今人以为是新的东西，如双语教学、文理渗透、全球视野和素质提升之类，他老人家也早有垂范在先。胡先骕当校长时对学生说：“见到我是你们的幸运。”这句话听来有些狂妄，现在想来那确实是学生的幸运。江西师院在胡先骕离开家乡十多年之后，又为年轻师生创造了这样一种接触文化名人的幸运。一个月时间说长不长说短不短，在那疾风暴雨连绵不断的岁月，能为学术事业开启一小段相对平静的时间窗口，让胡先骕不时出现在家乡众人面前，让人们知道世上曾有胡先骕，这真是一桩功德无量的善举。学术传承并不一定需要千言万语的叮咛，有时候只是电光石火般的瞬间点拨，便有可能让后学产生受益良多的顿悟。

在纪念胡先骕诞辰130周年的时候，人们开始探究胡先骕现象的产生原因。同为哈佛博士的胡晓江在《世上曾有胡先骕》中，提出了一个耐人寻思的问题：“到底是什么样的种子，长在什么样的土壤里，以至于不管条件如何恶劣都要发芽，并能结出美丽的果实？”土壤在这里代表客观环境，种子则更多强调内在的主观因素，我觉得像胡先骕这样基因特别强大的种子，即便在“明明是不适合做学问的一代人”中，也会长成学术森林里的参天大树。

以20世纪30年代的工作为例，胡先骕这边为创立庐山森林植物园和云南农林植物研究所等机构奔波操劳，那边发表论文与著述，同时完成了170首苏东坡诗词和洪昇《长生殿》全本的英译（这后面是一个庞大的中国文学经典英译计划），这种情况导致有人以为世上有两个同名同姓的胡先骕。诚然所有的人都是种子，只不过因为主客观方面的原因，我们在学问和事功两方面都严重退化了。写作此文时，我有一种忧心挥之不去：如今的人至少还会仰望前贤，还会发出“虽不能至，心向往之”的赞叹，怕就怕再这样退化下去，后面的人连仰望与赞叹的冲动都没有了，那才是真正令人不敢多想的事情。

湖北利川市的磨刀溪边有一棵高达35米、树龄超过600岁的水杉之王，看到它的人都把它与“现代水杉之父”胡先骕相联系。然而在奇迹般存活至今的水杉之外，胡先骕还让我想到消失在冰河时期的猛犸象与剑齿虎，它们曾是陆地上威风凛凛的庞然大物。胡先骕从气质上说与它们属于同类，这位思想上的大块头在301教室中发出的也是震天动地的嘶吼。

胡先骕能写出《水杉歌》，原因在于其炯炯目光能穿透亿万年时光，窥见那个“造化洪炉恣鼓扇”的鸿蒙初辟时期。彼时水杉是北半球尤其是北极范围内的林中王者：“水杉斯时乃特立，凌霄巨木环北极。”正是因为有这样的目力，哦，不对，正是因为有这样的精神原乡，天壤之间才会出现《水杉歌》这种格调高古、卓尔不群的神品。有统计说今天还有数百万人在写旧体诗，他们都懂平仄、会押韵，然而由于想象力、知识结构和文字功力等方面的欠缺，这个群体中至今未产生可与《水杉歌》相匹敌的作品。

从二教楼301教室窗前向东南方向看，不足百米远的空地上有几十棵水杉巍然耸立。美术学院教授吴子南应我之请为这片林子题写了“水杉林”三个大字，老校区管理办公室主任张建则在林边墙上嵌了两块石板，上面镌刻着《水杉歌》全文。

后来我发现自己竟然成了此举的受益者：在水杉林中散步并讽诵《水杉歌》中的诗句，可以大大提升人的免疫力。读了《追忆》一文后，我不断在想自己是否也有当时301教室中人那样的幸运：1957年夏天我已经满了6周岁，正是在红场周边玩耍的年纪，把胡先骕从洪都宾馆接来的那辆吉普车（当时是一件稀罕之物）应该会吸引儿童的注意力，那么我有没有可能看到那辆车开到红场旁边，门开后一位蓄须长者撩起长衫下摆从车中下来，施施然迈步登上二教楼的台阶？

一切皆有可能，这一幕或许真的发生过——谨以此文纪念胡先骕诞辰130周年。

二、301 教室到底在哪里

《胡先骕走进 301 教室》在叙事学公众号上发出后，阅读量已达五位数，但随之也有一个问题被提出来：胡先骕来江西师院讲学的那间 301 教室究竟在哪里？

胡辛大姐《听邓老宗觉教授追忆生物学界老祖宗》一文指出，讲学活动是在第二教学大楼 301 教室——为了拍摄电视专题片《胡先骕》，她曾率领团队对邓宗觉教授做过长时间的采访，文中一些重要信息都是从采访录音中仔细甄选出来的。我提笔之前与普玲、泽芳两位学友专门去过二教楼，现场察看了三楼东边那间编号为“2301”（“2”应指第二教学大楼）的教室，因此才敢写下“301 教室在二教楼三楼东侧”这句话。

但是高福生、王能宪等学长记得，他们曾经在 301 教室上过三年课，那间教室分明就在三楼西头。亲历者的记忆应该不会错，我就此请教过钟

二教楼 309 教室（原 301 教室）

义伟、汪木兰和林碧珍等中文系老教授，他们也同意高、王二位的意见。为了确保无误，我在学友陈茜的陪同下再次走进二教楼，请值班的刘、曾两位师傅把三楼西头那间编号为“2309”的教室打开，开门后我看到了以前无数次映入眼帘的阶梯状木板地面，只是如今上下阶梯处贴着醒目的大字标签“小心台阶”。

至此我明白了，胡先骕讲学之处应该就是这间教室！它的编号一开始为 301，后来大概因为二教楼扩建导致管理部门对编号次序做出调整——计数从西头开始变成从东头开始（胡先骕《水杉歌》中不是有“东风伫看压西风”之句吗），301 与 309 这两个编号之间发生了一次对调。

不过还有一个问题，邓宗觉教授本人的《胡先骕在江西师院讲学记》一文，又说胡先骕上课的地点设在第一教学大楼阶梯教室。我在外语系读本科时便是在一教楼学习，那里没有阶梯教室，但要进入三楼中间那个隶属于学校电教中心的多媒体大教室则要爬几级台阶，邓老是否把那里当成了阶梯教室？然而那间教室如今的编号是“1308”，既不在东头，也不在西头，无论从哪边开始计数都“301”不挨边。

此外，中文系汪大钧教授告诉过我，二教楼的阶梯教室在 1962 年又迎来过一位重要人物：时任中宣部副部长周扬在此，观摩了中文系主任熊化奇讲授肖洛霍夫的小说《静静的顿河》。课后，他对熊老先生的讲课艺术给予了极高的评价。根据这些来判断，邓老文章中的一教楼可能是二教楼之误，校友当中常有这种把两栋楼搞混的情况。

为什么要钩沉这些如烟往事，弄清楚当时的 301 教室究竟在哪里？还有一个更为重要的目的，这便是呼应老校区管理办公室原主任张建的一项提议：将原 301 教室命名为“胡先骕讲堂”，以此纪念老校长那次影响深远的讲学活动。我在文章中提到胡先骕属于有神奇禀赋的人物，这一命名可以让那间教室也获得同样令人肃然起敬的性质，即它不再是一个普普通通的教学场所，由于创校先贤的声音还在其中回荡，这里成了一个现实与传统相连接的神圣空间。

以后凡有重量校友回校访问和演讲，都可以考虑放在“胡先骕讲堂”，以凸显这类活动在校史上的意义与价值。学校现有的论坛名称五花八门，却没有一个嵌有创校先贤之名、供讲学所用的实体空间，“胡先骕讲堂”可以填补这一遗憾。我有自知之明，《胡先骕走进 301 教室》一文有较高的阅读量，主要是因为标题吸引了许多使用过原 301 教室的师生，我希望广大校友的关注能为“胡先骕讲堂”的设立提供助力。我在伦敦国王学院访学时，发现那座城市中凡是名人逗留过的地方，墙上都嵌有相关的说明文字，我们也应该用一块写有“胡先骕讲堂”字样的铭牌，来帮助原 301 教室实现自己的文化价值。

大学和城市一样，都需要讲述自己的故事。选择什么样的故事来讲述，把什么样的事件视为最有意义的集体记忆，常常寄托着讲述者对未来的期许。对过去的讲述虽然不会改变已然消逝的昨日世界，却有可能通过影响今人的作为而让明天变得更加美好，这就是我愿意讲述胡先骕老先生故事的原因。

中央南昌飞机制造厂旧址建筑平面图

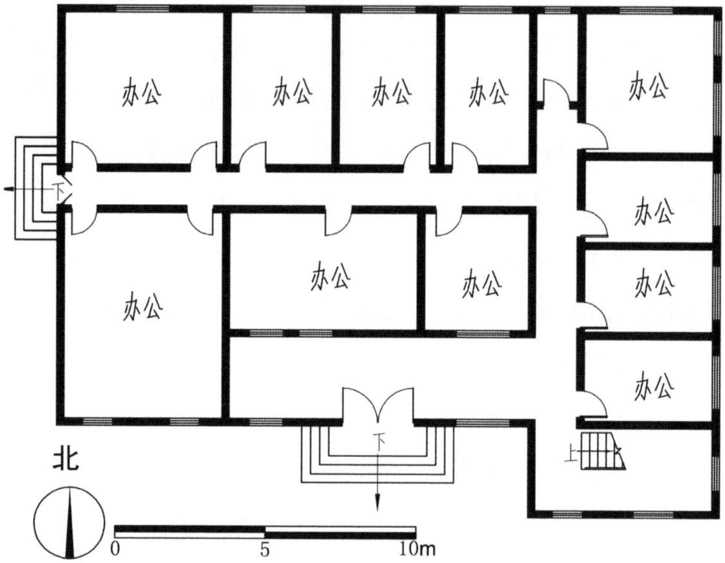

指挥塔楼一层平面图

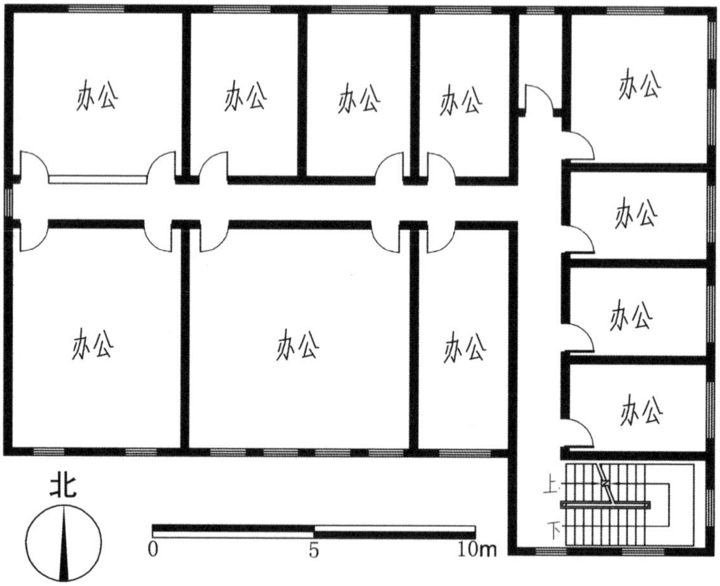

指挥塔楼标准层平面图

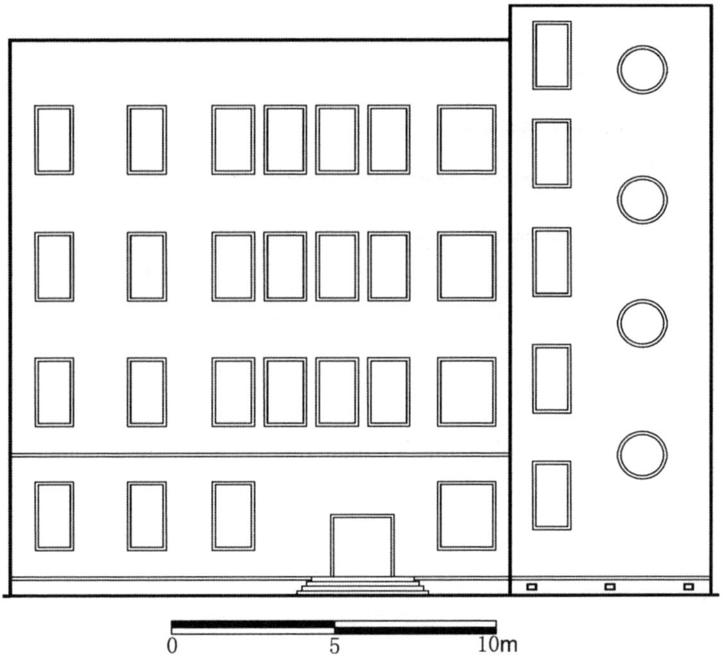

指挥塔楼南立面图

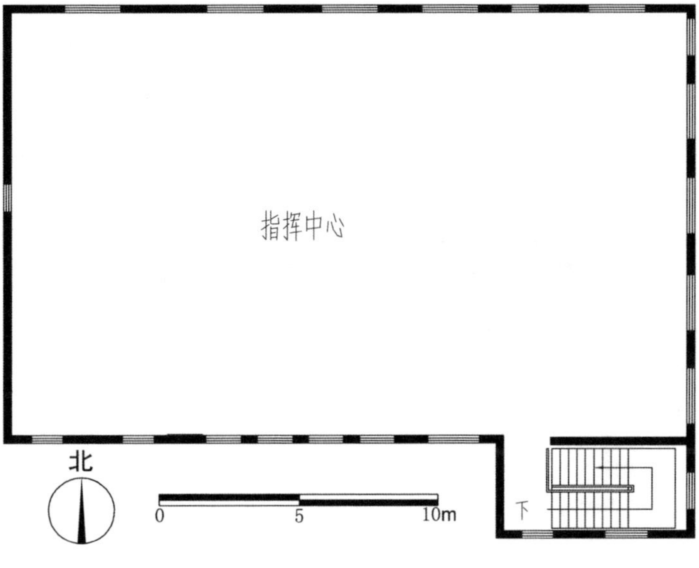

指挥塔楼顶层平面图

指挥塔楼东立面图

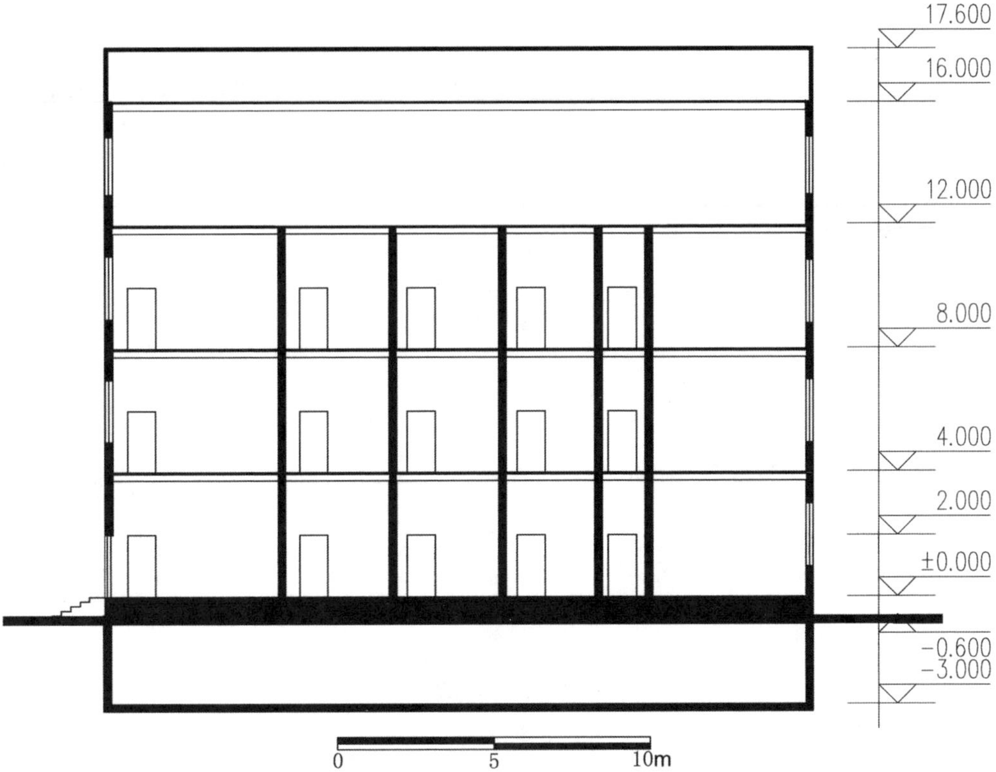

指挥塔楼剖面图

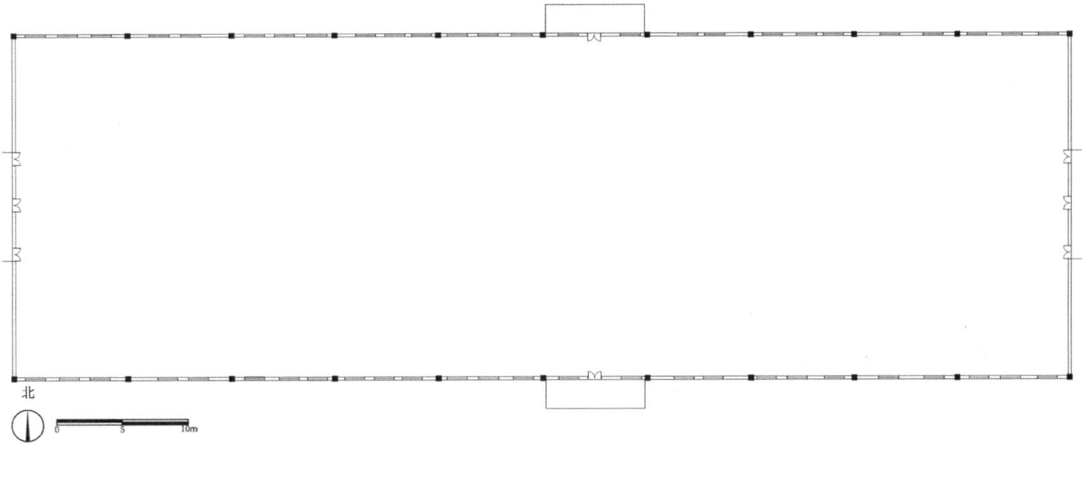

飞机棚厂平面图

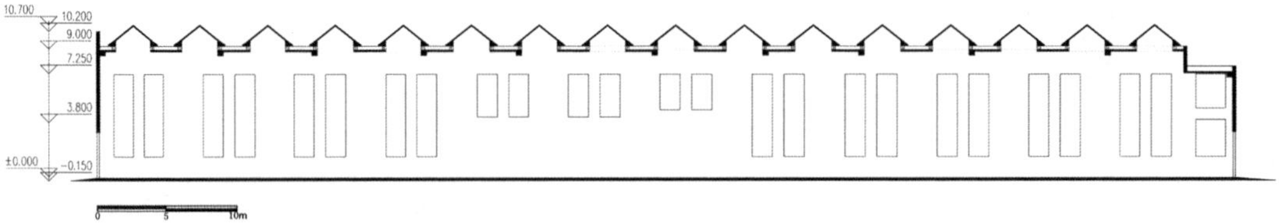

飞机棚厂剖面图

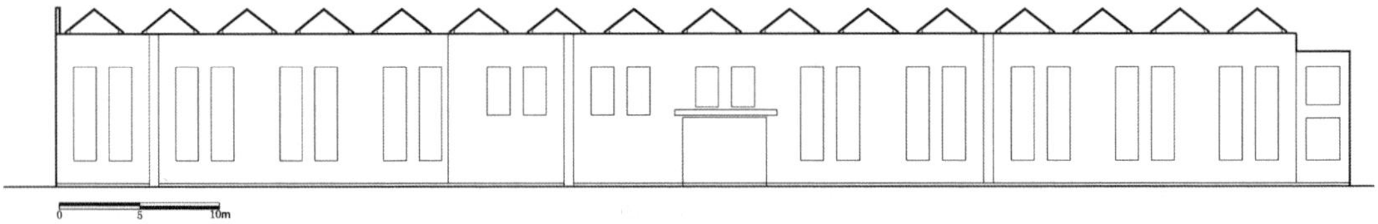

飞机棚厂北立面图

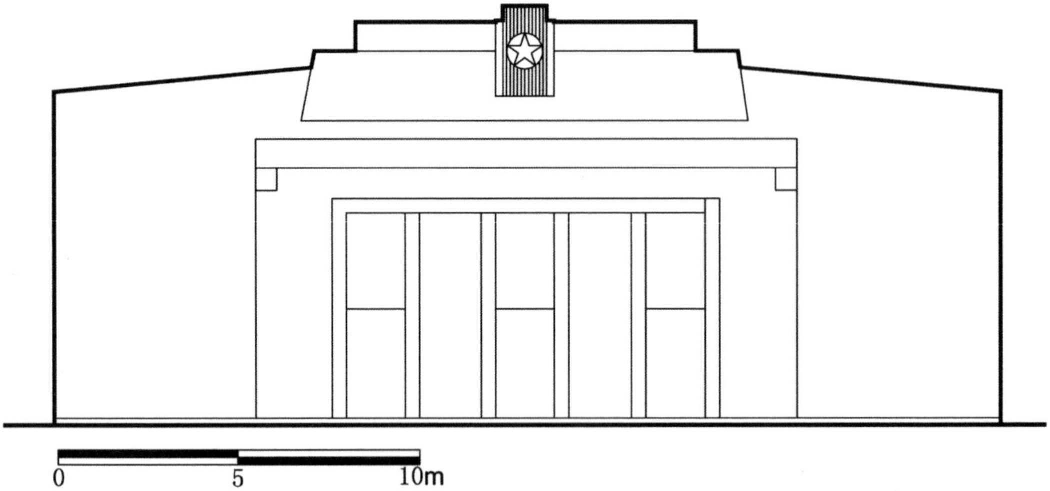

飞机棚厂东立面图

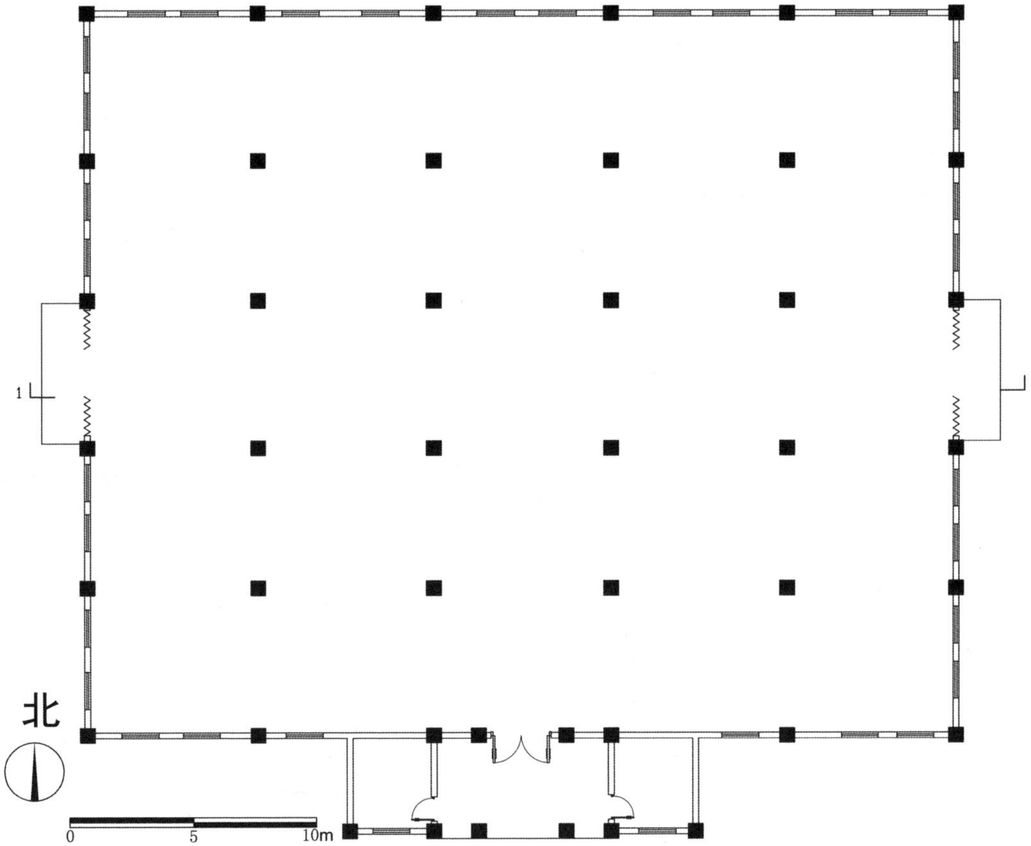

飞机修理厂平面图

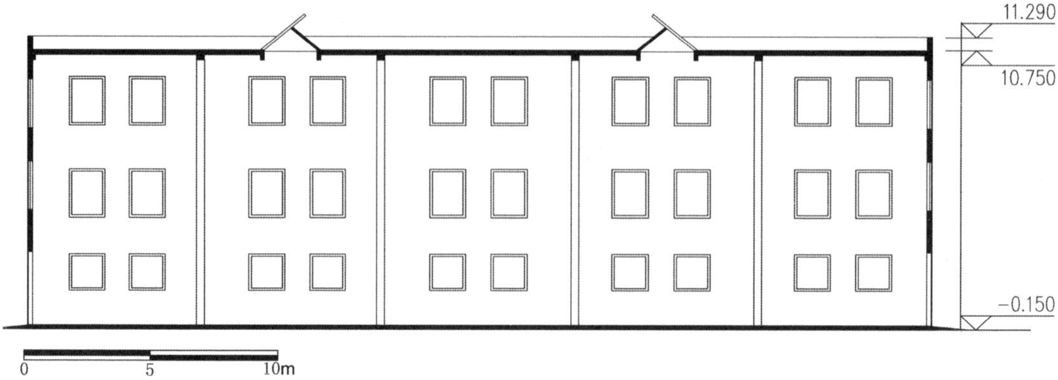

飞机修理厂剖面图

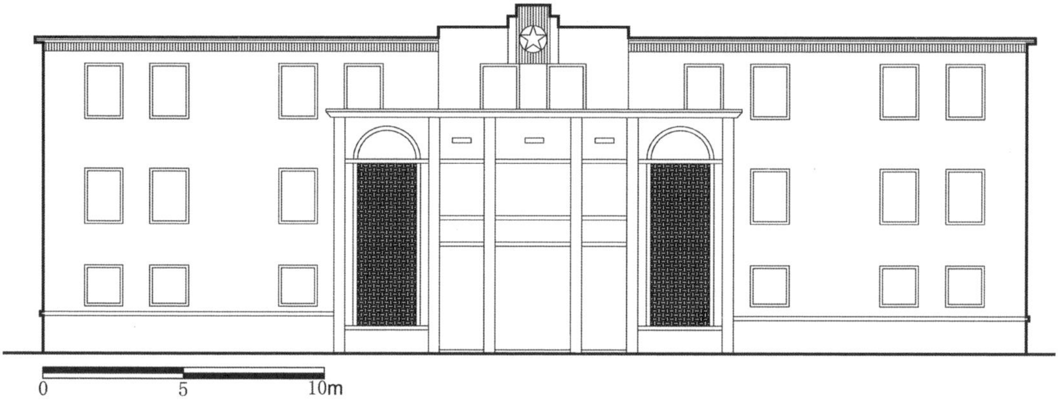

飞机修理厂南立面图

2010年中央南昌飞机制造厂旧址修复图集

参照图 1: 20 世纪 50 年代的指挥塔楼

参照图 2: 20 世纪 60 年代的指挥塔楼

参照图 3: 20 世纪 70 年代的指挥塔楼

参照图 4: 20 世纪 80 年代的指挥塔楼

参照图 5：20 世纪 90 年代的指挥塔楼

修复前图：2000 年改建的红楼

修复后图：2010 年修复后的指挥塔楼

参照图：20 世纪 90 年代的飞机棚厂

修复前图 1：2000 年的飞机棚厂

修复前图 2：飞机棚厂东侧

文物价值图 1：空腹梁最大圆洞直径 1.2 米

文物价值图 2：1935 年钢筋混凝土空腹梁结构

修复中的指挥塔楼

刚修复的飞机修理厂

修复中的飞机棚厂

修复后的飞机棚厂一角

修复后的飞机棚厂旧址

修复后的飞机棚厂东立面
和飞机棚厂旧址一角